바람아,
불어라

바람아, 불어라

ode to the wind

한대수 산문

words & photos
hahn dae soo

북하우스

the end

in the end one must learn to live with oneself
your wife will leave you, your children will too
friends no more, fans agaze with fake applause
wet dreams of female moan

licking the bones of tethered flesh
slithering in the edge of silence
castaway in the abyss of nothingness
glory be my savior's prize

this is the end

AEROPOSTAL
NYC
TORY
VISIT THE
EXTRA
SHOW
THIS

LG
HALO 5
GUARDIANS
TOYS R US
WELCOME TO
FLAVOR

STOP
HERE ON
RED
SIDEWALK
CLOSED
USE OTHER SIDE

세상이 어지럽다. 제2차 세계대전 이후 크고 작은 전쟁이 가장 많이 일어나고 있다. 라틴아메리카만 하더라도 FARC(콜롬비아 무장혁명조직) 같은 반군들이 정부군과 전쟁을 치르고 있다. 자그마치 8개의 나라에서. 유럽도 현재 시리아, 아프가니스탄, 이라크 등지에서 감당할 수 없을 정도로 밀려오는 난민들로 유럽 문화와 체제가 마비되고 있다. 러시아는 체첸 문제와 우크라이나 전쟁으로 계속 골치가 아프다. 중동은 두 말하면 잔소리다. 8개의 크고 작은 전쟁이 벌어지고 있고, 매일 100명 이상의 희생자가 발생한다. 지옥이다. 어떻게 이렇게 되었을까? 우리는 또 어떤가? 북한은 핵 실험으로 협박하고 있고, 일본과는 냉랭한 관계를 유지하고 있다.

어떻게 역사상 가장 교육 수준이 높은 이때에 인류는 가장 원시적인 행동을 하고 있는가? 왜 서로 강탈하고 죽이고 멸망의 밤으로 향해 가고 있는가? 이는 우리가 착하지 않아서다. 배운 것은 많은데, 느낀 것이 없어서다. 박사학위를 받았지만, 마음은 유치원생이란 말이다. 착해져야 한다. 그러려면 상대방의 차이를 인정하고 공부를 해야 한다. 그래야 다른 사람을 이해할 수 있게 되어 타협의 선을 더욱 넓게 그리게 된다. 관념의 문을 열어야 한다. 당신의 가족도 내 가족만큼 중요하고, 당신의 나라도 내 나라만큼 중요하고, 당신의 생명도 내 생명만큼 중요하다.

종교, 이것이 문제다. 나는 우리나라에서 첫손에 꼽히는 신학 박사의 손자이지만, 애그나스틱agnostic, 불가지론자이다. 즉, 우주를 창조한 누군가가 있을 수 있다는 것은 인정하지만, 코란이나 토라나 성경은 믿지 않는다. 누가 뭐라 하든, 경전은 인간이 쓴 것이다. 사후의 천당과 지옥도 믿지 않는다. 천당과 지옥은 우리 마음속에 있고, 현재 우리가 살고 있는 지구 상에 있다. 당신의 행동과 마음이 현재의 지옥과 천당을 그려내고 있다.

죽으면 완전히 없어진다. 무(無). 나는 완전히 없어지는 무(無)를 받아들인다. 하지만 종교 예식과 믿음으로 위로받는 사람들을 비난하지도 않고 심판하지도 않는다. 사람들은 자기가 믿고 싶은 것을 끝까지 믿을 것이다. 개종하지도 않을 것이다. 개종시키려고 강요하는 것이 전쟁이다.

"WAR CREATES MORE WAR
PEACE CREATES MORE PEACE
WHAT DO YOU WANT?"

차례

H O M E I S

PART 01

당신의 고향은 돈을 벌 수 있는 곳이다

WHERE THE MONEY IS

34
Giuseppe Bossi
Busto Arsizio 1777 – 1815 Mailand
Durchzeichnungen nach Kopien von
Leonardo da Vincis Abendmahl
Judas, Petrus und Johannes
Durchzeichnung nach der Kopie
in Ponte Capriasca, 1808
Rötel auf Pflanzenpapier
Kunstsammlungen zu Weimar
Giuseppe Bossi
Busto Arsizio 1777 – 1815 Mailand
Durchzeichnungen nach Kopien von
Leonardo da Vincis Abendmahl
Judas
Durchzeichnung nach der Kopie
des Vespino (Mappe I), 1808
Rötel auf Pflanzenpapier
Kunstsammlungen zu Weimar
Giuseppe Bossi
Busto Arsizio 1777 – 1815 Mailand
Durchzeichnungen nach Kopien von
Leonardo da Vincis Abendmahl
Thomas
Durchzeichnung nach der Kopie
aus Castellazzo (Mappe II), 1808
Rötel auf Pflanzenpapier
Kunstsammlungen zu Weimar
Giuseppe Bossi
Busto Arsizio 1777 – 1815 Mailand
Durchzeichnungen nach Kopien
von Leonardo da Vincis Abendmahl
Judas
Durchzeichnung nach der Kopie aus
Castellazzo (Mappe II), 1808
Rötel auf Pflanzenpapier
Kunstsammlungen zu Weimar
Giuseppe Bossi
Busto Arsizio 1777 – 1815 Mailand
Durchzeichnungen nach Kopien von
Leonardo da Vincis Abendmahl
Christus
Durchzeichnung nach der Kopie
aus Castellazzo (Mappe II), 1808
Rötel auf Pflanzenpapier
Kunstsammlungen zu Weimar
Giuseppe Bossi
Busto Arsizio 1777 – 1815 Mailand
Durchzeichnungen nach Kopien von
Leonardo da Vincis Abendmahl
Johannes
Durchzeichnung nach der Kopie
des Vespino (Mappe I), 1808
Rötel auf Pflanzenpapier
Kunstsammlungen zu Weimar
37
Giuseppe Bossi
Busto Arsizio 1777 – 1815 Mailand
Durchzeichnungen nach Kopien von
Leonardo da Vincis Abendmahl
Philippus
Durchzeichnung nach der Kopie
aus Castellazzo (Mappe II), 1808
Rötel auf Pflanzenpapier
Kunstsammlungen zu Weimar
Giuseppe Bossi
Busto Arsizio 1777 – 1815 Mailand
Durchzeichnungen nach Kopien von
Leonardo da Vincis Abendmahl
Johannes
Durchzeichnung nach der Kopie
aus Castellazzo (Mappe II), 1808
Rötel auf Pflanzenpapier

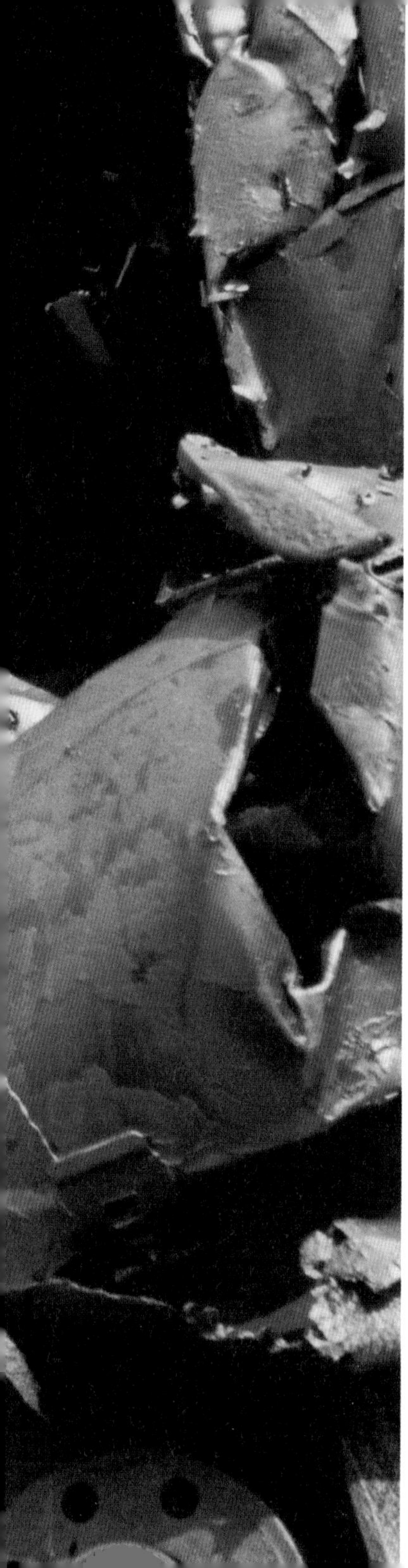

돈

우리 사회에서 일어나는 범죄의 원인은 90퍼센트가 돈이다.

청와대 고위 간부가 왜 검찰 조사를 받는가? "돈."

자선단체 회장이 왜 상급 공무원과 부적절한 관계를 맺는가? "돈."

존경받는 대학 총장이 왜 감방에 갇혔는가? "돈."

수년 전 나의 조카를 처음으로 미국에 데리고 갔다. 샌프란시스코 공항에서 호텔까지 택시를 탔는데, 나는 내리면서 운전사에게 32달러를 건네주었다.

"삼촌, 돈 계산 잘못했어."

"아니야, 7달러는 팁이야. 우리는 가방도 많잖아."

조카는 놀라워했다. 호텔에 내리자, 벨보이가 객실을 안내해주며 짐을 가져왔다. 5달러 팁!

"야, 피곤하다. 양호한 미국 커피나 마시러 내려가자."

커피 값은 2달러, 팁으로 1달러. 조카 왈,

"아니, 무슨 팁을 50퍼센트나 줘?!"

"여긴 국제 도시인데, 동전으로 팁을 주면 실례야."

미국은 꼭 10~15퍼센트의 팁을 줘야 한다. 12퍼센트를 주는 것이 적당하다.

국제 경쟁회의가 각 나라에서 자주 개최되곤 하는데, 보통 이 자리에는 회장 혼자만 참석한다. 그런데 회의가 끝나고 열리는 파티에는, 'STAG(여성을 동반하지 않고 혼자 참석하라는 의미. 성숙한 수사슴이라는 뜻)'라고 초청장에 적혀 있지 않으면 모두 부부 동반이다. 안방 보스도 중요하다는 말이다. 이 경우, 호텔 컨시어지에게 "오늘 저녁 파티 동반자가 필요한데"라고 말하면 에스코트 서비스로 연락해 회장의 나이에도 맞고 미모도 적절한 여인을 그날 파티의 동반자로 맺어준다.

"아니, 동반한 그 여자에게 자동차 산업에 대한 지식이 있어?"

"물론! 약 500달러는 줘야 해. 또 컨시어지에게도 팁으로 20달러를 주고."

야, 정말 모든 것이 돈이다.

떠나는 날, 호텔 로비 문을 열어주고 짐을 실어주는 도어맨에게 10달러 팁을 주었다. 조카는,

"아니, 문 하나 열어주는 데 무슨 돈을 그렇게??"

"떠나는 날 보여주는 한국인의 모습도 중요하지. 기타도 2개나 사고, 너도 신발 10켤레 사지 않았니? 자본주의가 무섭다는 거 이제 알았어?"

서울로 돌아와 친구와 밥을 먹을 때, "아줌마! 김치하고 반찬 더 주세요!" 하니 아줌마가 "예, 사장님!" 하고 푸짐하게 채워준다.

대한민국 최고!

P.S. 참고로 미국은 팁을 꼭 줘야 한다.
유럽에서 'SERVIZIO INCLUSO'라고 적혀 있는 곳은 팁이 포함된 음식점이다.

◎

세금

"In this world nothing can be said to be certain, except death and taxes(인생의 모든 것은 불확실하다. 단 두 가지만 빼고, 죽음과 세금)." 미합중국의 설립자 벤저민 프랭클린Benjamin Franklin의 유명한 말이다.

지금 한국은 세금 때문에 난리다. 전직 대통령, 재벌 회장, 그리고 맞벌이 하는 중산층도 부담을 느낀다. 세금은 자본주의 사회의 기둥이다. 어떻게, 어느 정도 부여하고 거두느냐는 모든 국가의 고민거리다.

- 노르웨이, 아이슬란드, 스웨덴 같은 북유럽 국가는 57퍼센트. 가장 높다.
- 영국, 일본, 이스라엘, 스페인도 높다. 50퍼센트.
- 미국은 30퍼센트, 우리는 약 20퍼센트.
- 부탄은 0퍼센트. 거둘 돈이 없다.

미국의 명가수 윌리 넬슨Willie Nelson은 탈세죄로 기

FIRE DEPARTMENT
CONNECTION
AUTO SPRINKLER
FIRE DEPARTMENT
STAND PIPE
CONNECTION
ers.com
AUTO SPRINKLER
SERVES MINSKOFF THEATRE
GROUND FLOOR AND
1, 2, 3 & 4TH CELLAR LEVELS

소되어, 집과 재산 그리고 모든 공연과 음반 수입으로 1600만 달러를 겨우 갚았다. 또 배우 니콜라스 케이지Nicolas Cage는 2009년 회계사 실수로 세금 660만 달러를 추징당해 자기 집 3채와 요트를 팔아야 했다.

정치적 라이벌을 없애려고 세금 탈루죄로 라이벌을 감옥에 집어넣기도 한다. 가장 간단하게 처리하는 방법이다. 러시아 최고의 석유 재벌 미하일 코도르코프스키Mikhail Khodorkovsky가 푸틴의 라이벌로 등장했을 때, 러시아 사법부는 그를 탈세죄로 집어넣었다. 그는 2003년부터 10년간 혹독하게 옥살이를 했다. 당시 코도르코프스키는 세계 16대 재벌이었다.

세금은 무섭다. 장난칠 게 아니다. 그리고 모든 국가가 아직도, 어떻게 세금을 부여해야 국민들에게 공평한 시스템을 만들 수 있을까를 고민한다.

내 결론은 간단하다. 무상교육, 독거노인 생활비, 임대주택, 무료 의료보험 등등 이 모든 것을 원하면, 스웨덴같이 57퍼센트 세금을 내라! 세금을 적게 내려면, 정부에게 자기 생계를 책임지라는 식의 부담을 주지 않아야 한다.

"THERE'S NO SUCH THING AS FREE LUNCH."
- MILTON FRIEDMAN

공짜 점심은 없다.
– 밀턴 프리드먼

GAP

아메리칸 엑스프레스(American Express) 골드

요즘 빚 때문에 다들 고생이 많다. 심지어 정부도 새로운 정책으로, 계속 불어나는 신용불량자들을 복귀시켜 그들이 경제활동을 할 수 있도록 노력 중이다. 이유는 간단하다. 자본주의 사회에 경제활동을 하지 못하면 사는 것이 아니다. "사는 것도 제기랄, 죽는 것도 제기랄."

문제는 신용카드다. 카드 역사가 짧은 한국 서민들은 쓸 줄을 모른다. 나는 최초의 신용카드 피해자이고 산 증인이다.

1966년 뉴욕 고등학교를 졸업하고, 멀리 떨어진 미국 뉴햄프셔 주립대학교University of New Hampshire에 입학할 때 할아버지가 "대수야, 이 카드는 비상시에만 써라" 하고 아메리칸 엑스프레스 카드를 주셨다. 1960년대 중반, 카드가 대중화되기 전이었다. 딱 두 번 썼다.

팸Pam이란 여학생이 스튜어디스가 되겠다며 학교를 중퇴하고 떠난다고 해서 보스턴에서 마지막 데이트를 했을 때 처음으로 신용카드를 썼다. 미소와 포옹이 가득한 밤을 지내고 카드로 계산을 하니, 팸은 "Oh, you have American Express??(너 아메리칸 엑스프레스 가졌니??)" 하며 놀라워했다. 그날 저녁, 나는 폼을 잡았다. 이듬해 나도 학교를 중퇴했는데, 사진학교에 가려고 그레이하운드 버스를 타고 뉴욕으로 돌아올 때 또 카드를 썼다.

1980년대에 들어서자, 아멕스 카드사에서 편지가 왔다.

"미스터 한, 당신은 상위 3퍼센트 속하는 상위층이므로, 아멕스 골드를 줍니다."

"야, 내가 상위 3퍼센트?!"

그래, 마누라는 잘나가는 하이 패션계에서 일하고, 나도 상업사진계의 양호한 기술자인 데다, 맨해튼 어퍼이스트 사이드 부촌에 사니, 그런갑다, 했다.

하지만, 5년 후엔 모든 친구들이 골드 카드를 가지고 있었다. 어떻게 모두가 상위 3퍼센트인가? 간단하게 말해서 뻥이다. 카드사가 연회비를 더 많이 받기 위해 신용지수를 올린 것이다. 더욱 큰 이익을 챙기기 위해서, 순진한 서민들의 허영심을 자극한 것이다.

그 이후, 카드사가 플래티늄 카드platinum card, 블루 카드를 제안했을 때, 나는 "No" 했다. 음모와 수작을 알아챈 것이다. 40달러로 시작한 연회비를 450달러로 올렸다. 계속, "당신은 상위 3퍼센트… 자동차도 이 카드로 살 수 있습니다" 하면서.

신용카드는 소돔sodom의 늪이다. 현금을 쓰든지, 체크카드를 써라. 인간의 심리는 항상 선택하지 않은 길에 대해 후회하고, 있지 않은 돈을 쓰려고 한다. 그리고 돈은 항상 모자란다.

3주 전 아메리칸 엑스프레스에서 블랙 카드를 내게 제안했다. 자가용 비행기도 살 수 있다고 한다. 이것은 진짜인 것 같다. 딱 한 사람 상위 1퍼센트에 속하는 친구가 가진 것을 봤으니. 하지만 역시 "No" 했다. 나는 아예 베이직 그린basic green으로 바꾸었다.

"WHEN I WAS YOUNG,
I THOUGHT MONEY WAS THE MOST IMPORTANT
THING IN LIFE. NOW THAT I'M OLD, I KNOW THAT IT IS."
- OSCAR WILDE

어렸을 때, 돈이 인생의 가장 중요한 것이라 생각했다.
늙고 보니 그것이 진리라는 것을 깨닫는다.
– 오스카 와일드

재벌과 정치

서울 시장 선거(2014년)에서 재벌 회장이 낙선했다. 여러 가지 사건도 있었지만, 시민들은 "돈 있으면 됐지, 무슨 권력까지 잡으려고? 그리고 그가 어떻게 서민들의 고통을 이해할까?"라는 반응을 보였다.

이는 가장 오래된 민주주의 국가, 미국에서도 마찬가지다. 로스 페로Ross Perot라는 세계 재벌은 대통령 출마를 두 번이나 시도했지만, 보기 좋게 떨어졌다. 그 유명한 넬슨 록펠러Nelson Rockefeller도 세 번이나 시도했지만, 실패했다. 많은 재단을 설립해 예술인들과 빈곤층의 존경을 받았지만 말이다. 그의 경우는 재벌이란 이유보다는, 조강지처를 버리고 다른 젊은 여자와 재혼했다는 점을, 미국 국민들은 용서하지 않았다. 1960년도 미국은 상당히 보수적이었다. 결국 록펠러는 나이 70세에 여비서와 정사를 나누다 심장마비로 생을 마감했다. 행복한 죽음이다.

예외적으로, 재벌이면서도 정치에 성공한 사람은 마이클 블룸버그Michael Bloomberg 전 뉴욕 시장이다. 3선, 12년 동안 세계 최고의 도시를 다스렸다. 재벌이란 핸디캡을 극복한 이유는 유태인이란 장점을 이용해서다. 뉴욕은 유태인의 경제적, 정치적, 문화적 수도다. 텔 아비브Tel Aviv보다 더 막강하다.

블룸버그는 뉴욕 시 예산을 삭감하면서, 자기 연봉도 줄였다. 1년에 1달러! 지하철을 타고 출퇴근하면서 시장 사무실 책상도 직원들 옆으로 옮겼다. 자신의 막대한 돈을 대학교, 병원, 도서관 등에 기부했다. 특히 담배를 혐오했다. 니코틴 중독 치료센터에 수천만 달러를 기부했다. 뉴욕 시 중심가에선, 거리에서도 흡연이 불법이다.

블룸버그 왈, "내가 돈을 버는 이유는, 사회에 기부하기 위해서다. 죽기 전에 다 쓸 것이고, 마지막 장의사한테 내는 수표가 부도나는 것이 나의 목표이다." 블룸버그는 세계 14대 부자다(2015년 기준). 355억 달러(한화로 약 43조 원)! 휴!

미술도 돈이야

나의 두 번째 사진 전시회 오프닝이 성공적으로 끝났다. 많은 사람들이 찾아왔고, 오랫동안 못 본 친구들과 즐겁게 대화를 나누었다.

그 전날 갤러리 관장이 내게 했던 말이 떠오른다.

"한 작가님, 우리 전시장이 좁으니, 작품을 사지 않을 사람은 초청을 자제해주세요."

생각해보니, 미술도 결론적으로 돈이다. 돈이 있어야 비싼 인사동 월세를 내고, 미술관을 운영할 수가 있다. 나의 절친한 뉴욕 친구도 소호SOHO에서 갤러리를 운영했는데 2년 이상 버티지 못했다.

음식점이나 갤러리나 마찬가지다. 돈을 못 벌면, 문을 닫아야 한다. 곧잘 다음과 같은 뉴스가 나오곤 한다. 반 고흐 그림 2500만 달러 낙찰. 고갱 작품 3200만 달러 낙찰. 다른 나라의 세계적인 작가 이야기이지만, 모든 큐레이터가 꿈꾸는 희망사항이다.

우리 사회는 지금 돈이란 단어만 집어넣으면 답이 나온다. 범죄를 저지른 원인도 돈이고, 상당수 이혼의 원인도 돈이다. 심지어 세월호 참사의 원인도 돈이다. 돈을 아끼기 위해서 자격 없는 선장과 비정규직 승무원을 고용했고 돈을 더 벌기 위해서 객실을 늘리고 제한 용량 이상으로 짐을 실었다.

관장의 전화를 받고 슬펐다. 하루 10시간씩 일하는 평민들이 집안일 하고 아이들 키우느라 바쁜데 어떻게 내 작품을 보러 올 수 있겠는가? 심지어 작품을 산다는 것은 불가능한 일이다. 결국 미술도 부자를 위한 것이다.

다행히 사진 3점이 팔려서 작품 제작비는 만회했다. 손숙 씨 덕분이다. 플러스 마이너스 땡! 땡콩 베리 머치!

"COMMERCIALISM CHEAPENS OUR GOOD NATURE."
상업주의는 우리의 아름다운 본성을 싸구려로 만든다.

하이퍼 재벌

피카소의 작품 'Les Femmes d'Alger(알제리 여인)'이 1억 7900만 달러, 우리 돈으로 1900여 억 원에 팔렸다.

피카소가 그렇게 위대한가? 아니다. 재벌들의 돈이 더 많아졌다는 것을 의미한다. 크리스티스 경매 전문가에 의하면, 재벌들이 작품을 살 때, 자기 재산의 1퍼센트 이상은 안 쓴다고 한다. 피카소의 작품을 구입한 부자는 적어도 이 작품 값 100배 이상의 돈을 가졌다는 말이다. 15년 사이에 억 달러 이상을 소유한 재벌이 4배나 불어났다.

이 중에 이건희 씨가 87위에 든다(2015년 기준). 이해하기 쉽게 설명하자면, 이건희 씨 수준의 재벌이 1800명이나 된다는 말이다. 이 사람들의 가족을 상대로 람보르기니 자동차, 구찌, 푸치, 프라다를 생산해도 충분히 비즈니스가 된다.

전용 비행기private jet 판매도 4배나 늘었다. 하이퍼 재벌들은 우리와 딴 세상에 살고 있다. 혹자는 다섯 살 이하 어린아이들이 질병으로 1분에 21명씩 죽어가는 세상인데 이러한 돈을 미술 작품 사는 데 쓰다니, 하고 생각할 수도 있다. 하지만 미술 작품, 특히 피카소는 자기만의 훈장이고, 또 동시에 그들에게는 미래에 대한 투자다.

언젠가 우리 재벌 삼촌 집에 처음 갔을 때 나는 아주 놀랐다. 아주 검소한 집이었다. 간단한 스칸디나비아 가구, 깨끗한 나무 마루 그리고 양호한 오디오 시스템. 하지만 응접실 중앙엔 폴 세잔의 작품이 딱 걸려 있었다. 이 작품 하나로 할 말 다한 것이다.

"나는 너희와 달라!"

부자는 더욱더 부자가 되고 가난한 사람은 더욱더 가난해지는 이 세상, 어쩔 수 없구나.

"LIFE IS NOT FAIR. ACCEPT IT."

인생은 불공평하다. 할 수 없다.

돈은 물이다

돈은 없어도 문제이고, 또 너무 많아도 문제다. 내가 아는 어느 회장은 사람을 피해 다닌다. 보는 사람마다 자신에게 돈을 빌려달라고 해서다. 로또 당첨자들도 숨어버린다고 하지 않는가? 작가 마크 트웨인이 말했다. "돈이 없다는 것이 악의 뿌리가 된다."

생각해보면, 돈은 얼마나 더러운가? 수백만 명의 손을 거치니, 아마 세균 범벅일 것이다. 하지만 돈은 물이다. 나도 딸 양호가 생기고 나서 돈이 꼭 필요하다는 것을 알게 되었다. 나 혼자 있을 땐, 택시도 여러 번 공짜로 타보고, 국밥도 공짜로 먹고, 심지어 단물(술)을 마실 때 팬들이 서로 내겠다고 싸우는 것까지도 보았다.

하지만 아이를 키운다는 것은 완전히 다르다. 얼마 전 양호 대학 등록금 좀 모으자 하고 마음을 먹었는데 허사였다. 옥사나 왈,

"My love, 우크라이나에 있는 우리 친척들 돈 좀 보내줘야겠어. 집도 잃고 겨울은 춥고. 내전이 뉴스보다 더 심각한가 봐."

"그래, 그럼 얼마?"

"200만 원?!"

아휴,

"엇! 강산에 어머니가 돌아가셨어? 아이구, 지금 당장 달려가야지!"

"당신, 또 병원 가야 돼?"

"무슨 병원을 커피숍 가듯이 다니냐?"

정말 돈 모으기 힘들다. 이번 달도 예사롭지 않다. 조카 결혼식, 고등학교 친구 모친상? 가야 하나? 미국 속담 중에, "돈은 버는 만큼 쓴다"라는 말이 있다.

지금, 경제공황이다. 돈을 아끼고 잘 다스리는 방법밖에 없다. 생존, 생존, 또 생존!

P.S. 양호야, 걱정 마라. 세계 어느 학교든 공부 할 수 있도록
아빠는 부지런히 화폐를 마련할게. 받아쓰기 빵점만 받지 마라!

마지막 만찬

언젠가 방송 스태프들과 양호한 아귀찜 점심을 먹으면서 내가 말했다. "국민 여러분, 경제공황 직전의 마지막 만찬을 즐기세요!" 농담인 줄 알고 다들 웃었지만 진담이었다.

옥사나가 일하던 뉴욕 증권회사 사장도, "한국의 불황recession이 장기화되면 경제공황이 올 수 있어요"라고 했다. 록 공연에서 만난 노무라 증권(Nomura Securities, 일본 최고 증권회사)의 애널리스트도 말했다. "한 상, 한국은 이미 경제공황에 들어섰어요. 일본의 1990년대와 꼭 같아요."

미국은 1930년대에 엄청난 경제공황을 겪었다. 각 도시마다 수프 키친Soup Kitchen으로 굶주리는 시민들에게 수프를 나누어줄 정도였다. 이후 미국은 제2차 세계대전에서 승리함으로써 빠져나올 수 있었다.

일본은 30년 동안 호황을 누리다 1990년대 초에 경제공황에 빠졌다. 아직도 회복 중이다. 한국 산업이 일본의 소니, 미츠비시, 도요타 같은 대표 기업의 시장을 공략한 것이다. 지금, 똑같이 중국 기업들이 한국의 효자 수출 아이템인 핸드폰, TV, 자동차, 철강, 조선업 등에서 고품질의 상품을 반값으로 내놓았고 세계 시장을 재패했다. 수출 수입에만 의존하는 우리 산업이 돌파구를 찾지 못하는 상황이라면 경제공황이 올 수밖에 없다.

NON RUBO
NON SPACCIO

큰곰[*] 제언

1. 신용카드를 잘라라.

2. 마이너스 통장을 없애라. 항상 마이너스다.

3. 자동차를 없애라. (단, 상품 견본을 싣고 다니는 세일즈맨은 빼고.)

4. 큰곰같이 고시원에 살아라.

5. 하루에 두 끼만 먹어라

6. 북한과 FTA를 체결하라.
   북쪽은 생산 공장, 남쪽은 R&D research & development, 연구개발,
   그리고 초첨단 기술 개발 hyper-precision high technology.

내가 보기엔, 북한과 경제 협력하는 것이 경제공황에서 벗어날 수 있는 유일한 길이다. LIVE & LET LIVE, 너도 살고 나도 살자!

---

* 큰곰은 CBS FM '손숙·한대수의 행복의 나라로' 진행을 맡았을 때, 라디오 애청자가 지어준 내 별명이다.

CBS FM '손숙·한대수의 행복의 나라로'(2008.5.12.~2015.9.12)
피디 박재철, 이광조, 김효진, 박철, 김세광, 여미영
작가 권혜진, 서화정

"HOPE FOR THE BEST, EXPECT THE WORST."

최고를 바라되, 최악을 대비하라.

◎

전세

전세가 사라지기 시작한다. 전세 시스템은 유독 한국에서만 있는 임대 방법이다. 물론 저금리 때문이겠지만, 전세가 사라진다는 것은 이제 우리나라가 다른 선진국들과 비슷해지고 있다는 증거다. 이렇게 되면 서민들은 더욱 큰 부담을 느낄 것이다. 월세로 50만 원에서 100만 원을 낼 경우엔, 자기 월급의 4분의 1에서 2분의 1까지 떼야 한다. 일주일에 한두 번씩 삼겹살을 굽고 술잔을 기울이는 것도 '화려한 외출'이 될 것이다. 서민들의 표정도 더욱 긴장될 것이다.

'월세'를 큰곰만큼 잘 아는 사람도 없을 것이다. 나는 무려 37년간 월세 생활을 했다. 그것도 평균 180만 원이나 되는, 세계에서 가장 비싼 뉴욕 시에서. 버린 돈만 해도, 집 두 채를 사고도 남았을 것이다. 모든 뉴요커들이 월말만 되면 긴장한다. 심지어 친구들이 "나 이번 주에 데이트 못 해, 월세 내야 돼!"라고 말할 정도다.

그리고 '이번 달에 한국에서 손님이 왔다', '병원에 치료를 받았다'와 같이 뜻밖의 일이 생기면 월세를 내는 데 애를 먹는다. 특히, 직장에서 해고당했다고 하면, OMG! 오마이 갓! 완전 초긴장 상태다. 자기 아파트 지붕이 날아가기 때문이다. 그리하여 현재 뉴욕의 가장 화려한 맨해튼 중심가엔 공식적으로 5만 8000명의 홈리스(노숙자)가 길가를 떠돌아다닌다. 실질적으로 집계되지 않은 인구를 따지면 10만 명이 넘는다. 넋을 잃은, 정신 치료가 필요한 잊혀진 영혼들이다. 심지어 도쿄 신주쿠에도 2만 명의 홈리스가 들끓는다.

나는 이 부분이 걱정된다. 곤경에 빠지면, 친구들과 친척들이 한두 번은 도와줄 수 있겠지만, 영원히 도울 수는 없다. 나도 전세 시스템이 없었다면 한국에 정착할 수 없었을 것이다. 어떻게 하든 전세 제도가 유지되기를 바란다.

하지만, 이미 파도의 물결은 반대 방향으로 거세게 돌진하고 있다.

음악과 돈

“형, 의논할 게 있어. 지금 가도 돼?”

1980년대 유명한 밴드의 작곡가 친구가 갑자기 찾아왔다.

“이번에 어떤 밴드가 내 음악을 쓰겠다고 하는데 얼마를 받으면 될까?”

“글쎄, 요즘 CD가 안 팔리지 않나?”

“그래도 난, 한 곡당 1000만 원은 받아야겠어.”

“하지만 너무 부담스러워서 녹음을 안 할 수도 있지 않니? 로열티로 가는 게 어때? 신곡을 탄생시켜서 세상에 내놓아야지, 계속 임신만 할 수는 없잖아?”

“그래도 난 받아야겠어.”

또 다른 음악가 친구가 뉴욕에서 찾아왔다.

“난 이젠 기타 그만두고 공연 기획하고 있어. 형 미국 투어 추진하려고! 〈한대수–FIRST & LAST〉 어때? 꼭 비즈니스 클래스 타야 돼? 밴드 멤버들 두 사람씩 한 방에 넣어도 되지?”

"글쎄, 지난 일본 투어 때 같이 안 쓰려고 하던데…. 음악가들 예민해."

"악기랑 장비가 많으니, 버스 한 대로 움직이려고. 비행기보다 편하지 않아? 옆에 크게 한대수-NUKE ME TOUR 붙이고, 어때?"

아이쿠, 또 돈 이야기다. 사람들은 음악가가 모이면 으레 악기를 꺼내서 잼 세션Jam session을 할 줄 알겠지만, 결국 돈 이야기만 한다. 수입은 한 군데, 지출은 10군데. 방값, 전기값, 가스값, 물값, 카드비, 유치원 교육비, 보험료, 병원비 등등등 끝이 없다.

"MUSICIANS TALK ABOUT MONEY,
BANKERS TALK ABOUT MUSIC."
- OSCAR WILDE

음악가는 돈 이야기를 하고
사업가는 음악 이야기를 한다.
– 오스카 와일드

NEW YORK
TAXI

BOP, 피라미드의 밑바닥

아베 총리가 정권을 잡자마자 일본의 경제적·정치적 방향이 파격적으로 바뀌었다. 경제 정책의 변화와 엔화 디밸류에이션(평가절하)으로 인해 5년 동안 고전하던 일본의 간판회사 도요타나 소니가 이익을 창출하기 시작했다.

일본 회사들이 BOPBottom of the Pyramid 국가, 즉 피라미드 밑바닥에 있는 제3국가를 대상으로 마케팅을 활발하게 하고 있는 중이다. 인도네시아, 베트남 같은 나라에선 혼다와 야마하 오토바이로 시장의 90퍼센트를 점령하고, 콩고 같은 아프리카 국가에선, 쉽게 많은 양의 물을 운반할 수 있는 물통을 개발해 판매하고 있다. TOPTop of the Pyramid, 즉 미국 유럽 같은 나라는 최첨단 기술이나 고급 상품을 팔지만 시장과 소비자 수가 제한되어 있는 반면, BOP 국가의 소비자 수는 어마어마하다. 물론 2000원짜리 물통을 100만 개 팔아도 돈은 얼마 안 된다. 이러한 정책엔 두 가지 목적이 있다.

첫째, 하루하루 생계를 이어가는 가난한 나라의 사람들에게 양호한 가격으로 양호한 상품을 제공함으로써, 생활의 고뇌를 풀어준다는 인도적인 차원이 있다.

둘째, 아프리카, 남아메리카, 동남아시아, 카자흐스탄이 20년 후에 후진국에서 중진국(개발도상국)으로 갈 수 있는 수준에 도달할 때를 겨냥해 브랜드 네임brand name을 인식시키는 것이다. 이들 국가의 인구는 어마어마하다. 즉, 앞으로 100년 팔아먹을 수 있는 시장을 확보하는 것이다.

고급 자동차, 카메라, TV는 5년에 한 번 사면 그만이다. 그리고 TOP 소비자 인구는 전 지구 상에 1퍼센트밖에 안 된다. 우리도 1년에 3000만 대 이상 팔리는 오토바이 시장에는 뛰어들 수 있을 것 같은데, 어떨까? 인도 한 나라만 해도 2010년도 기준으로 오토바이가 1000만 대나 팔렸다.

나 이민 갈래

요즘 젊은이들이 많이 방황한다. 직장이 없어서 불안! 직장이 있어도 불안! 결혼을 안 해도 불안! 결혼을 해도 불안! 주위의 몇 친구들이, "나 이민 갈래" 하고 외친다. 지나친 경쟁사회와 사람들의 좁은 세계관 때문이다.

30대 초반의 한 친구는 프랑스로 가서 막노동을 하더라도 예술의 도시에 푹 빠져 살고 싶어 한다. 특히 주위 친구나 친척의 걱정을 피하고 싶어 한다. 또 다른 친구는 미국의 대 광야를 달리며 눈총받지 않는 자유를 누리고 싶어 한다. 다섯 살 아들도 지옥 같은 교육 시스템에서 벗어나게 될 것이다. 두 친구에게 나는 두 가지를 충고했다.

첫째, 언어에 능숙한가?

프랑스어나 영어에 능숙해야 그 사회의 톱니바퀴가 될 수 있다. 언어는 30대가 넘으면 유창하게 회화할 가능성이 아주 낮다. 즉, 현지인들과 와인을 마시면서 섹스와 정치에 대해 토론도 하고 농담도 주고받을 수 있는 수준이어야 한다. 안 그러면 그 나라의 교포 사회에서 벗어날 수가 없다. 미안하지만 교포 사회의 교민들은 서울보다 훨씬 낮은 수준으로 문화 생활을 하고 있다. 예를 들어, LA 코리아타운에 앉아 소주와 빈대떡을 먹으면서 고향 생각만 하는 것이다. 이민간 지 30년이 넘었는데도.

둘째, 실용적으로 그 나라에서 돈을 벌 수 있는 기술이 있는가?

즉 간호사, 치아 스케일링 기술, 자동차 정비, 피아노 조율 등 현지에서 돈이 되는 기술이 꼭 있어야 생활을 할 수 있다. 낭만과 자유에 대한 갈망만 가지고는 턱도 없다.

이 두 가지 조건에 "yes"라고 자신 있게 답할 수 있으면 가라고 했다.

나도 1988년 이혼 후, 독일로 이민을 가려고 했다. 뒤셀도르프Dusseldorf라는 도시는 문화예술, 패션의 소도시로 아주 매력적이었다. 뉴욕의 거칠고 억척스러운 분위기에서 벗어나고 싶었다. 나와 맥주 친구가 된 치과의사 마이클의 말이 생각난다. "Home is where the money is(당신의 고향은 돈을 벌 수 있는 곳이다)." 그래서 나는 뉴욕을 떠나지 못했다.

대형마트 vs. 동네 구멍가게

정부는 대형마트를 한 달에 두 번씩 자진해서 문을 닫으라고 한다. 이유는, 재래식 시장과 'Mom & Pop Store', 즉 엄마 아빠가 운영하는 동네 가게를 살리기 위해서다.

우리는 대형마트 역사가 없으므로, 주로 미국 아니면 일본 회사가 운영하는 마트에 의존한다.

특히, C마트는 "어떻게 자본주의 국가에서 강제로 문을 닫으라고 하는가?" 하며, 법정 소송 중이다. C마트는 세계적으로 가장 성공한 마트로 그들의 모토는 "always open"이다. 일 년 내내 문을 안 닫는 회사로 이름이 알려져 있다.

양쪽 다 이해가 간다. 하지만 큰곰 생각에는, 강제로 문을 닫게 하는 것은 생각해봐야 한다. 수입이 많으면 많을수록, 세금을 더 받는 것이 원칙이다. 일자리 창출이 목적이라고 하는데, 소형 가게가 고용하는 수천 명을 살리기 위해 대형마트 직원 수만 명을 희생시키는 꼴이다. 대형마트 직원으로 가장 큰 역할을 담당하고 있는 이들은 아줌마 부대, 또는 등록금을 벌려고 일하는 아르바이트 학생들이다.

평화양호당 당수로, 답을 제시하겠다.

첫째, 재래식 시장은 가장 성공적이고 매력적인 일본과 프랑스 파리 재래시장을 연구모델로 삼아야 한다. 그리고 멋지고 한국적인 분위기로 꾸미면, 관광지로 한몫할 것이다.

둘째, 동네 가게는 한 가지 아이템을 개발해, 고객을 끌어야 한다. 예를 들어 수제 햄버거, 엄마 수제비 등등.

그리고 대형마트 의무 휴업은 한미 FTA에도 위반되는 조치다. 만약, 국내 기업 S사의 스마트폰이 너무 인기가 많다고 미국 정부가 "한 달에 두 번씩 주말에 자진해서 문을 닫아라" 하면 우리의 반응은 어떨까?

◎

베조스와 워싱턴포스트

아마존닷컴의 제프 베조스가 워싱턴포스트를 샀다. 모두들 뉴욕타임스 다음으로 영향력 있는 신문을 어떻게 인터넷 회사가 감히 살 수 있느냐, 하고 의아해했다.

워싱턴포스트는 미국 정치계에 큰 영향을 미치는 신문으로, 닉슨 대통령 때 그 유명한 워터게이트Watergate 사건을 폭로했다. 결국 도청wiretapping과 공개적인 거짓말을 한 죄로 닉슨 대통령은 탄핵당했다.

당시 워터게이트 사건의 주인공, 칼 번스타인Carl Bernstein 기자는 이번 매매를 보고 "혁신적이고 창의적"이라고 하며 베조스가 포스트 신문을 잘 이끌 것이라고 긍정적으로 평가했다.

마침 나의 신곡을 발표하기 위해 국내 최고 부수를 찍는 신문사 기자와 인터뷰를 하는 도중에 이 이야기가 나왔다. 기자도 이 사건을 놀랍게 생각했다. "아니, 어떻게 인터넷 쇼핑몰이 세계적인 신문을 사나요?" 하고 한탄했다. 그러면서 "우리도 얼마 안 남았네?!"라고 하는 것 아닌가.

워싱턴포스트는 그레이엄Graham 가족이 80년 동안 지켜온 신문이다. 많은 주요 미디어들이, "어떻게 증조 할아버지가 업적을 세운 신문을 돈 때문에 파느냐?" 하고 비난하고 있다. 보도에 따르면, 1990년대에 10억 달러나 되던 신문은 2억 5000만 달러로 그 가치가 떨어졌다고 한다.

뉴욕타임스의 캐치프레이즈가 "All the news that's fit to print(인쇄에 적합한 뉴스는 모두 게재한다)"이지만 이젠 인쇄산업도 사양길로 접어들고 있다.

아, 한 가지 더. 재미있는 것은 1980년도 통일교 문선명 씨가 워싱턴포스트를 사려다가 미국 정부 제재로 실패했다는 사실이다. 2년 후 문선명 씨는 탈세죄로 감옥에 갔다.

"WEALTH IS IN YOUR LAUGHTER
NOT IN YOUR POCKET."

부는 당신의 웃음 속에 있지,
당신의 주머니 속에 있지 않다.

POLICE BRUTALI
PEOPLES ORGANIZATION FOR PROGR

"THE TOP 3% WILL ALWAYS RULE. NO REVOLUTION OR COUNTER-REVOLUTION IS GOING TO CHANGE THAT."

(3% 최상층만이 언제나 지배한다.
혁명도 반혁명도 이를 바꿀 수는 없다.)

ONE ROTTEN APPLE

PART 02

썩은 사과 한 개가 모두를 썩게 한다

SPOILS THE BUNCH

21
22
24
25
26
27

우리는 누구인가

러시아 속담에 이런 말이 있다. "러시아 인이 러시아 사람들을 비하할 수 있지만, 외국인이 러시아 사람을 비하하면 전쟁이다."

나도 마누라 덕분에 모스크바를 열 번 이상 방문했다. 그들은 끝없이 보드카를 마시면서 자기 나라와 국민성에 대해서 농담한다.

"엔진도 없이 기름도 없이 잘 달리는 차는 뭐게? 러시아 자동차. 두 사람이 계속 밀어야 되기 때문에."

"결혼 10년차 된 부부인데, 남편은 보드카만 마시고 마누라와 1년 넘도록 섹스를 안 해. 마누라는 남편에게 문제가 있다고 닥터에게 데리고 가지. 닥터가 '야, 이고르, 아무리 그래도 마누라한테 1년에 한 번쯤은 봉사활동을 해야지. 당신 물건에 문제가 있나?' 했더니 남편이 뭐랬는 줄 알아? 이고르 왈, '닥터, 옆집 여자와는 잘되는데 마누라하고만 안 돼요.'"

여하간, 러시아 사람들은 자기 민족성에 대해서 끝

없이 비난하고 농담하면서 자각한다.

우리도 이젠 "대한민국– 짝짝짝!" 하며 고릴라같이 가슴을 때리며 자기 칭찬만 할 시기는 지났다. 이제 우리는 선진국 문턱에 와 있다.

우리 스스로 약점을 논의하자. 왜? 좀더 자각해서, 발전된 미래를 후손에게 물려주기 위해서다. 최소한 아들 세대와 손자 세대에선 우리나라가 강한 나라가 되어, 남의 비난도 여유 있게 받아들일 수 있는 선진국이 되자, 이 말이다. 미국을 보라! 얼마나 많은 나라들이 미국을 비난하는가? 하지만 미국인들은 개의치 않는다. 자기가 강하고 자기가 최첨단 기술을 보유하고 있으며, 민주주의의 근본을 창안했다는 것을 알고 있기 때문이다.

유교 사상의 이면

나는 희한한 환경 속에서 태어나, 인생의 37년은 뉴욕, 3년은 LA, 그리고 28년은 한국에서 살았다. 최근 12년은 서울에서 연속적으로 살면서 '양호'라는 예쁜 딸을 낳고, 음악을 하면서, 즐겁고 활발하게 사는 중이다. 뉴욕과 서울은, 나를 인간으로 성장하게 한 도시이고, 내 음악의 자양분을 제공한 도시이다. 나의 '창작 비타민'이다. 서울은 눈부시게 발전하여 30년 만에 세계적인 도시가 되었지만, 근본적인 문제점도 많이 떠안고 있다. 그중 하나가 바로 비뚤어진 유교 사상이다. 고려 말 중국에서 건너온 이 사상은 다 좋다. 인간의 근본적인 예의와 철학을 담고 있다.

문제는 권력자들이 자신의 권력을 강화시키기 위해 몇몇 개의 덕목을 지나치게 강조했기 때문에 시작됐다고 생각한다. 특히 '효', 그리고 나이 든 사람에 대한 '공경'.

얼마 전, 강남에서 어느 아버지가 직장을 잃고 무기력해졌다며 자기 가족인 마누라와 딸을 살해하는 끔찍한 사건이 일어났다. 남자 생각엔 자기가 가장으로서 역할을 다하지 못하고, 책임을 질 수 없으니, 자신의 손으로 가족을 죽인 것이다. 자기가 없으면, 가족은 더욱 고생할 것이라고 생각한 것이다. 이게 무슨 개소리인가? 자기가 무슨 하나님인가? 가족이 자기 소유물인가? 미국의 버락 오바마 대통령을 보라. 스물한 살 때 아버지를 잃고, 서른네 살 때 어머니를 잃었지만, 흑인 혼혈로서 자기 자신의 '자주적 결정self determination' 하나로 빛나는 미합중국 대통령이 되었다.

어떻게 이 '강남 아버지'는 이렇게 비뚤어진 생각을 하게 되었을까? 유교 사상 때문이다. 마누라는 남편에게 복종을 해야 되고, 자식은 아버지의 뜻을 받들고 효도해야 하며, 아버지는 인생을 항해하는 배의 유일한 선장이다. 우리 시대엔 말도 안 되는 이야기이지만, 우리의 이러한 가족 관계에서의 유교적 뿌리는 깊고 깊다. 물은 위에서 아래로 흐른다고만 생각하지, 평행으로 흐른다고는 생각하지 않는다. 지금은 마누라가 가장이 될 수도 있고, 아들딸도 가장이 될 수 있다. 대학을 졸업한 여성의 비율이 더 많은 이 시대에 무슨 복종인가? 서로 복종해야지, 아니, 서로 존중해야 하지 않는가?

무조건 공경하라니

또 한 가지 큰 문제는 노인에 대한 공경이다. 다시 말해 나이가 더 많은 사람에 대한, 선배에 대한 무조건적인 공경이다. 우리 시대엔 말도 안 된다.

뉴욕의 보테로 조각.

우리 사회의 발전을 가로막는 덕목이다. 어떻게 나이가 많다고 무조건 공경하는가? 나이 든 사람들에게 배려하고 양보할 수는 있지만, 단순히 지구에 몇 년 더 살았다고, 또 학교를 더 빨리 졸업했다고, 또 군대에 먼저 갔다고, 공경하라고? 말이 되는 소린가?

나는 뉴욕에서 록 스타가 되겠다며 도전했지만 완전히 실패해서, 나의 전공 분야인 '사진학'을 살려 상업사진계에서 30년 동안 종사했다. 그런 와중에 나보다 나이 어린 상사를 여러 번 경험했다. 아무런 마찰도 없었고 회사는 잘 운영되었다. 미국은 나이를 전혀 따지지 않는다. 무조건 '실력주의'다. 이러한 관념하에, 결국 대부분 경험 있고 나이 든 직원들이 상사가 된다. 하지만, 천재적인 기술과 실력을 가진 어린 직원이 얼마든지 상승할 수 있게끔 '기회의 구멍'을 열어놓고 있다. 우리의 직장 조직에서 10년 연하의 직원이 부장으로 승격하는 경우가 과연 얼마나 있는가? 매우 드물다. 나이 든 사람에 대한 무조건적인 공경은 유교 사상의 비뚤어진 관념일 뿐이다.

'실력주의'가 자아낸 결과가 미국의 애플이고, 구글이고, 마이크로소프트이다. 이들 기업은 세계 1, 2, 3위를 다투는 기업이다. 이노베이션Innovation이 국가의 엔진이 되는 미국 환경이 있었기에, 스티브 잡스가 스물한 살 때 애플을 런칭할 수 있었고, 스물네 살의 래리 페이지가 구글을 설립할 수 있었으며, 그리고 스무 살 빌 게이츠가 만든 마이크로소프트가 세계 최고의 워드프로세싱 시스템인 윈도우를 발명할 수 있었다.

만약, 이 세 천재가 한국인이고, 한국 사회에서 일했다면, 이러한 성공을 거두었을까? 우리 사회는 지금 젊은이들을 발로 짓누르고 있다. 여기에 더

해, 2년이라는 군대 장화로. 20대 신입사원이 50대 부장한테 가서 "부장님, 그것은 틀렸습니다"라고 감히 말할 수 있는가? 이것이 우리나라와 우리 산업의 발전을 끌어내리는 왜곡된 유교 사상이다. 무조건 나이가 많다고, 또 선배라고 대수인가? 나이가 적어서, 또 후배여서, 그들은 자기의 좋은 아이디어를 발표하지 못하는 것이다. 심지어 술자리에서도 나이 어린 사람은 한 손을 가리고 옆을 향해 마신다. 이것이 말이 되는가? 서로 대화하고 즐거워하며 마시는 술자리에서도, 나이를 따지다니.

나는 해군에서 복무했다. 해군은 3개월마다 기수가 늘어난다. 나는 149기인데, 148기인 두 살 아래 친구와 술을 마셨다. 신나게 해군가를 같이 부르고 술에 많이 취했다. 그런데 나보고 해군 기수가 하나 아래라고 "졸병이 상사한테 까불고 있어" 그런다. 나는 "어디 두 살 연하가 감히 형님한테" 하고 말했다. 물론 우리는 서로의 농담에 크게 웃었지만 말이다.

내가 7년 동안 일한 방송국도 마찬가지다. 훨씬 나이가 많은 DJ가 말 잘못을 했는데도 불구하고, 프로그램 책임자인 PD가 말 한 마디도 하지 못한다. 단순히 나이가 많은 어른이라고. 우리 사회는 얼마나 형님, 선배님, 선생님 등등의 명칭으로 쓸데없이 나이를 따지며 시간을 낭비하고 있는가? 요즘은 심지어 어른을 '어르신'이라고 부른다. 이게 무슨 개소리인가? 고객님, 사모님, 그리고 양호 선생님들은 나를 '아버님'이라고 부른다. 내가 왜 선생님, 아버님인가?

잘못 받아들인 유교 사상에는, 아랫사람이 윗사람을 공경하라는 지시는 있어도, 윗사람이 아랫사람을 존경하라는 말이 없다. 그리하여 '땅콩 회항'

사건도 일어났고, 뉴스 때마다 나오는 캠퍼스 내에서의 교수·학생 간의 성추행 사건도 지속적으로 이어지고 있다.

나이보다 더 중요한 것

유교 사상, 다 좋다. 하지만 2000년 전의 말이 100퍼센트 적용될 수는 없다. 물은 위에서 아래로 흐른다고 하지만, 물은 평행으로 흐를 수도 있고, 기적적으로, 아래에서 위로 흐를 수도 있다. 소방 호수를 보라. 2000년 전에는 수력 시스템hydraulic system이 없었다. 이러한 지나친, 나이–가장–선후배 관계를 없애야 한다. 아니, 뿌리를 뽑아야 한다. 아니면, 우리는 21세기 동안 한 국가로서, 다른 선진국과 같이 질주할 수가 없다. 일그러진 부자 관계의 폐해를 영화 〈사도〉가 보여줬듯이, 가족 관계와 부자 관계에 대한 관점을 완전히 바꿔야 한다. 자식은 부모의 소유물이 아니다! 자식은 최대한 건강하게 키우고, 최대한의 교육을 제공하고, 세상에 풀어줘야 한다. 세계를 정복하라고.

부모가 자식을 희생으로 키웠으니, 자식은 부모의 노후를 책임지라고? 이것은 아니다! 이것은 자식의 발을 묶어놓는 것이다. 서양의 가족 관계를 보라. 18세까지 열심히 키우고 나서, 자식들을 호랑이같이 풀어준다. "이젠 네 인생이다. 네 마음대로 살아라!" 이거다. 그러기에 콜럼버스가 아메리카 대륙을 발견했고, 닐 암스트롱이 달에 상륙했으며, 빌 게이츠가 인터넷을 전 세계로 확장시켰다.

전 세계는 서양의 문화, 기술, 그리고 민주주의 관념 아래에서 살고 있다. 잘못된 인습은 없애야 한다. 잘못된 관념은 뿌리를 뽑아야 한다. "너 나

이 몇 살이야!" 하고 고함을 지를 것이 아니고, "네 생각과 내 생각이 다르니, 의논하자", 이렇게 되어야 우리 살 길이 생길 것이다. 세계 최고의 인터넷 검색 엔진 구글의 CEO 래리 페이지의 말이 떠오른다.

"나이보다는 아이디어가 가장 중요하다. 나이가 어리다고 존경하지 않고, 협조하지 않으면 안 된다."

양떼 심리

최근 뉴스에서, 젊은이 6명이 쓰러진 한 남성을 집단 폭행했다는 것을 보았다. 쓰러진 사람을 계속 발로 차고, 구타했다는 것이다. 결국 피해자는 갈비뼈 4개가 부러지고 전치 3주나 되는 피해를 입었다. 말다툼하다 기분 나쁘게 쳐다본다고 시작된 싸움이라고 한다. 만약 1:1이었다면 이렇게까지 큰 싸움은 안 되었을 것이다. 한 친구가 때리니, 다른 친구들도 덩달아 아무 감정도 없는데도 불구하고 같이 때렸다. 이것이 우리의 '패거리 심리'다.

우리는 집단 행동을 하는 것을 좋아한다. 혼자 행동하기엔 자신이 없고, 자기 길을 개척해야 되기 때문에 그냥 다른 사람이 하는 것을 따라 하면 안전하다는 식으로 편하게 생각하는 것이다. 개인주의individualism, 즉 개인의 자발적인 생각이 전혀 없다. 유행하는 핸드백이 있으면 똑같이 사야 하고, 등산을 갈 때에도 똑같은 옷과 모자를 쓰고 10명씩 무리지어 다녀야 하고, 심

Les Misérables
THE PHANTOM OF THE OPERA
WICKED
IT'S DOWN.
tkts
tkts
CNY

지어 정치인들도 똑같은 색깔의 점퍼를 입고 나온다. 참 이상한 집단 심리다. 어느 나라에서도 볼 수 없는 현상이다. 프리드리히 니체는 이를 '양떼 심리herd mentality'(혹은 군중 심리)라고 불렀다. 양떼와 같이 풀을 뜯으면 안전하고, 홀로 풀을 뜯으면 고독하고 불안하다. 같이 풀을 뜯으면, 생각이 없으니까, 창의성이 없어지고, 홀로 풀을 뜯으면, 위험하지만 독창적인 생각을 할 수 있게 된다. 실패할 수도 있지만, 성공을 할 경우엔, 더욱 풍요로운 푸른 초원을 발견할 수 있다.

이것이 서양과 우리의 큰 차이점이다. 이 차이로 서양 과학자, 문학가, 예술인들이 항상 새로운 아이디어를 창안해 세계를 이끌어가는 것이다. 인터넷을 누가 발명했는가? 달나라는 누가 먼저 갔는가? 여성 운동은 누가 리드했는가? 그리고 민주주의를 위해 누가 피를 흘려 시민 혁명을 일으켰는가? 세상을 바꿀 수 있다는 한 개인으로서의 서양인의 결심이 세상을 바꾸었고, 세상을 바꾸고 있다.

우리의 패거리 심리는 매우 위험하다. 특히, 한 사람의 비뚤어진 관념에 모두들 의문 없이 좇아가면, 나라는 완전히 난관에 빠지게 된다.

우리를 가장 잘 표현할 수 있는 단어는 'clique-ism'(굳이 번역하자면 패거리주의)이다. 즉, 자기 학교, 자기 회사, 자기 군대, 자기 지역끼리 단합하고 그 집단에 충성을 바치면, 외부 사람은 필요 없다, 이 말이다. 그리하여 같은 학교 선후배, 같은 군대 출신, 같은 지방 출신만 서로 돕고, 형님-아우를 따지며 서로 도와주려고 한다. 국가적으로 아주 나쁘다. 이러한 생각은 오히려 비애국적인 생각이다. 나라가 먼저이지, 어떻게 자기 지방이 먼저인가?

회사의 건전한 운영이 먼저이지, 어떻게 같은 학교 선배 부장한테 충성하는가? 나라를 지키는 군대가 먼저이지, 어떻게 자기 해병대 사단만 중요한가? 이러한 심리 때문에 우리 사회는 더욱 인-파이팅(In-Fighting, 끼리끼리 싸운다)하게 된다.

패거리, 패싸움, 완전히 버려야 한다. 자기 자신의 잠재력을 알아내고, 자기의 개성을 발전시킨 개인주의적 생각indivisual thinking이 필요한 때다. 그렇지 않으면, 세계 경제 투쟁global economic struggle에서 살아남을 수가 없다.

◎

군대 3개월

우리 청년들의 가장 큰 문제가 군대다. 없애야 한다! 이유는 간단하다. 우리나라의 경제적, 문화적, 정치적, 정서적 발전에 가장 큰 장애물이기 때문이다.

우리 인간에게서 창의성이 가장 활발한 시기는 나이 18세에서 25세 사이다. 나도 작곡가로서, 나의 136곡 중 반 이상이 이때 만들어졌다. 나의 5곡 히트곡 중 4곡이 이때 작곡되었다. 가장 에너지가 많고, 창작의 불꽃이 튈 때, 군대에서 2년 동안 총 쏘고, 구보하고, 냄새 나는 집단 생활을 하라니, 이게 무슨 우스꽝스러운 상황인가? 말도 안 되는 정신적, 육체적인 고문을 당하면서.

군대에 간다는 것은 잘 항해하는 유람선이 폭풍을 맞는 것이고, 잘 달리는 빨간 스포츠카가 급브레이크를 밟은 것과 같다. 젊은 작곡가는 음악을 멈추고, 젊은 과학자는 실험을 그만두고, 젊은 화가는 베니스 비엔날레에 가는 것을 포기하고, 젊은 영화인은 시나리

KING OF JEWS
KING OF BEERS
COW MEAT
BaDONKEN' BIG BUTTS
breathe
HASH OIL
Diabetic Coke
breathe
PINK SLIME
IN GOD WE MUST TRUST
CHRISTIANITY IT'S THE LAW
Jesus Christ
CHICKEN BREASTS
PIG FLESH
Marlboro Boy
JIHAD IS OVER!
The 24/7 excuse for everything
never swallow your face.
I'M COCO
diabetic Coke
BAD BUDDHA BURGER
EVOLUTION
COW CORPSE
PLAYDATE IRAN

오를 파기하고, 젊은 사업가는 회사를 헐값에 팔아버리고, 젊은 정치인은 기성세대에 굴복하는, 말도 안 되는 제도다. 젊은 청년의 인생에서 가장 큰 피해를 입히는 것이 군대다. 당장 없애야 한다. 나도, 군대 3년 3개월 때문에, 결혼도 못할 뻔했고, 음악 활동도 꽃봉오리에 앉아 있을 때 포기해야 했다.

지원제가 답이다

그러면, 어떻게 하면 가혹한 2년의 군복무를 없앨 수 있는가? 지원제가 답이다. 지금은 숫자 가지고 전쟁을 하는 때가 아니다.

최첨단 무기를 제어할 수 있는 과학자와 엔지니어들의 몫이 크다. 그러니, 군인의 연봉을 중소기업 수준으로 주고, 프로페셔널한 직업으로 내세워 젊은이들이 지원하게끔 만드는 것이다. 특히 경제공황인 이때엔, 조건이 좋으면, 용감한 청년들은 자기 인생의 직업으로 군인을 선택할 것이다.

베트남 전쟁 시기였던 1971년, 내가 해군에 복무할 때 군대는 말로 표현할 수 없이 혹독했다. 매일같이 기합, 즉 '빳다(야구 방망이로 엉덩이를 10번씩 구타한다)'를 맞았다. 이것은 인간이 할 수 없는 잔인한 행동이다. 병신 되는 졸병도 많았고, 죽는 경우도 있었다. 당시엔 모든 뉴스가 검열되어서, 보도도 되지 않았다.

나는 DD-91, 해군 기함인 '충무함'을 1년 타고, 해군 본부로 발령을 받았다. 영어 연설문 작성자speech writer로 장지수 제독과 김규섭 제독, 이 두 명의 참모총장을 모셨다. 웃기는 에피소드는, 작대기 셋이었던 상병이 별 넷 제독에게 다음과 같이 가르친 적이 있었다. "아닙니다, 제독님. 그것은 '어플

레드'가 아니고 '어프뤠이드afraid', 두 번째 a에 악센트를 주셔야 합니다." 이런 웃기는 일이 매일같이 있었다. 만약 내가 마지막 2년을 참모총장실에 근무하지 않았다면, 나는 아마 탈영, 아니면 죽었을 것이다. 그러면 여러분은 나의 40주년 앨범도 못 들었을 것이 아닌가? 하하!

본론으로 돌아가서, 우리는 어디까지나 유일한 분단국가로서, 우리의 군대는 강해야 한다. 하지만, 과거같이, 병력이 절대적이진 않다. 양보다 질이다. 즉, 미사일 엔지니어나 스텔스 정비공이 기관총을 멘 사병보다 더 중요하다는 말이다. 2년 동안 하기 싫은 복무를 억지로 하는 사병보단, 군 생활을 즐기고 전문 지식을 가진 군인이 훨씬 더 효과적일 것이다.

내가 군 생활을 할 때도, 그 맛없는 식사와 지렁이가 기어간 고기국밥이 나오는 데도 불구하고, 군 생활을 즐기는 친구가 몇몇 있었다. 즉 테스토스테론, 남성 호르몬이 풍부한 친구들이었다. 이런 청년들은 군인으로 적합하다. 육체 에너지가 넘치고, 위험한 것을 즐기고, 도전을 좋아하고, 총 소리가 음악 소리보다 좋은 이런 청년이, 나는 약 5퍼센트는 되지 않을까 생각한다.

또한 군대는 모든 직업을 소화할 수 있다. 자동차 정비공에서부터 요리사까지, 그러면 우리 실업 문제, 특히 청년 실업 문제는 어느 정도 해결되지 않을까?

그러나 어디까지나, 한반도는 긴장 상태이니, 젊은 청년들은 신병훈련소 3개월만 훈련시키면 된다. 구보하고, 총 쏘고, 대포 쏘고, 내무반 생활을 충분히 경험할 수 있는 기간이다. 이스라엘같이, 여자들도 신병훈련소를 경험하는 것도 양호할 것 같다.

큰곰 제언

2년씩 교체되는 아마추어 군인보다는, 전문 지식을 가진 프로페셔널한 군인으로 군대를 더욱 활성화시킵시다. 그러면 우리 젊은이들도 세계적인 음악가, 화가, 사업가가 될 수 있을 것입니다. 한국의 스티브 잡스도 나올 수 있을 겁니다. 만약 빌 게이츠나 스티브 잡스, 그리고 비틀즈가 한국의 혹독한 환경에서 군대에 갔다면, 과연 세계적인 혁명가가 될 수 있었을까요?

신병훈련소 수료식(149기 제5중대). 1971년.
위에서 두 번째 줄 오른쪽에서 세 번째가 바로 나다.

6시간 노동

스웨덴은 얼마 전 국민들의 노동 시간을 하루 6시간으로 줄였다. 1일 8시간 노동이 평균인 이때에 매우 획기적인 정책이다. 세계적인 브랜드 네임을 획득한 스웨덴 회사가 많다. 이케아, 에릭손, 일렉트로룩스, 스카이팸, H&M, 볼보, 그리고 스웨덴 음악계의 대기업으로 불리는 팝 그룹 아바ABBA가 있다.

6시간 노동, 이유는?

1. 노동자의 집중력은 6시간이 한계다. 시간이 길어질수록 창의성이 나오지 않는다.
2. 노동자에게 개인 시간을 더 많이 주므로, 더욱 여유 있는 가정생활과 개인적인 취미를 추구할 수 있다. 결론적으로 국민들이 더욱 행복해진다. 그리고 범죄가 줄어든다.
3. 쓸데없는 회의를 줄이고, 직원들이 더욱 집중하므로, 창의성이 높아진다. 즉, 회사는 더욱 이익을 챙긴다.
4. 출퇴근 시간을 조정할 수 있으므로 교통체증traffic jam을 없앤다. 즉,

8시(오전)−2시(오후), 9시−3시, 10시−4시, 12시−6시 등으로 노동 시간을 분산할 수 있다.

다른 유럽 국가와 미국도 상당히 호의적으로 6시간 노동을 바라보고 있다. 간단하게 말해서 6시간 이상의 노동은 사람들을 지치게 만들고 창의성을 없앤다고 생각하는 것이다.

애플, 구글, 마이크로소프트 같은 IT 대기업들은 이미 직장 환경을 직원의 '즐거움'을 중심으로 개조해왔다. 로비를 무슨 어린이 놀이터같이 디자인했는가 하면, 식당도 자기가 원하는 음식을 요리사가 조리해준다. 심지어 회전 '스시 바'가 있다. 이유는 간단하다. "직원들이 즐거워야 창의성이 늘어난다."

구글의 CEO 레리 페이지가 말했다. "새로운 컴퓨터 프로그램과 더욱 발전된 검색 엔진이 우리의 과제이므로, 아이디어가 가장 중요하다. 그러므로 직원들에게 편하게 일할 수 있는 공간을 제공해서, 창작의 주스juice가 흐르게 해야 한다."

우리의 기업은 어떤가? 아직도 10시간씩 일하는가? 아직도 부장, 팀장 눈치를 보는가? 아직도 시간도 없는데 주기적인 회식에 참석해야 하는가? 아직도 선후배 따지며 나이 어리다고 좋은 아이디어까지 무시당하는가?

세상은 변한다. 우리도 같이 변하지 않으면 무지의 절벽에서 떨어진다. 만약 우리도 6시간 노동을 시행한다면, 저출산 문제, 청년 실업 문제, 그리고 국민 우울증도 다소 해소되지 않을까?

"ALL WORK AND NO PLAY CREATES MENTAL INSTABILITY."

일만 하고 즐기지 않으면 정신병자가 된다.

북한

박근혜 대통령이 말했다. "통일이 대박이다." 이 말에 동의하지 않는 사람은 없을 것이다. 대박 중 대박이다! 하지만, 3년이 아니라 전 정부까지 따지면 8년 동안, 아직 한 번도 정상회담이 없었다. 만나지도 않고 무슨 통일인지?

우리가 공부할 수 있는 유일한 예는 동독-서독, 즉 독일 통일 과정이다. 물론 다른 지역이고, 정치적 상황도 다르지만, 교과서는 독일뿐이다. 독일은 통일 이전에 이미 250만 명의 동독-서독 시민들이 왕래하고 있었다. 가족의 생일, 결혼, 장례식 같은 중요 행사에 참여하고 싶은 사람들, 곧 죽게 될 노인들, 그리고 비즈니스맨들이 비자VISA를 신청하여, 길면 한 달, 짧으면 하루 동안 방문할 수 있었다.

경제적 융합economic merger이 이루어져, 일찌감치 합작투자joint venture가 이루어지고 있었다. 예를 들어, 동독에서 카메라 렌즈를 가장 잘 만드는 기술자를 서독에서 고용하고, 서독의 디젤 엔진 기술자가 동독 자동차 회사에 가서 고문을 하고 등등. 우리는 통일은커녕, 아직 방문도 전혀 하지 못하고 있으며, 합작투자는 꿈도 못 꾼다. 다행히 개성공단은 있다. 그러나 이마저도 최근 폐쇄되었다(2016년 2월).

흡수통일을 꿈꾸는가

내가 보기엔 '흡수통일'과 북한의 몰락을 꿈꾸는 사람들도 많은데, 이것은 '꿈'이다. 김일성 주체주의가 가까운 미래에 몰락하지는 않는다. 우리의 불안한 정치적·경제적 위기를 볼 땐, 누가 먼저 몰락할지 의문이다.

테슬라 전기 자동차가 이미 페라리 수준에 도달했고, 니신과 미츠비시는 2톤 전기 트럭까지 만드는 이때에, 우리에게는 미래 산업이 없다. 간단하게 말해서, 과거 20년이 우리의 부흥시기였다면, 앞으로 20년은 막막한 시기다. 돈벌이가 없다. 앞을 보고 준비를 안했기 때문에.

테슬라의 앨런 머스크 사장은 이미 100년을 내다보며, 또 다른 프로젝트 스페이스-X라는 우주선 사업을 이미 시작했다. 서민들의 돈을 받고 그들을 달나라로 여행시키겠다는 것이다. "신혼여행은 파리가 아니라 달나라로 가세요." 바로 이거다. 아마존닷컴의 제프 베조스 회장도 자기가 쓴 성공의 왕관을 즐기는 것이 아니라, 이미 자기 손자 세대를 생각하면서, 블루 오리진이라는 우주개발 회사를 설립했다. 나사와 민첩하게 기술 제휴도 하고 있다. 그러나 우리는 로켓 발사도 두 번이나 실패하지 않았는가.

과거의 효자 산업인, 핸드폰, 반도체, 자동차, 철강조선업은 중국, 인도,

베트남으로 다 옮겨진다. 남한도 불안하다. 자본주의의 '자본'이 없으면 무엇이 있는가? 아무것도 없다.

북한을 아예 다른 나라로 취급하면, 간단하다. 서로 대사관을 설립하고, 비자를 발급하고, 현대 자동차가 미국 애틀랜타와 러시아 모스크바에 공장을 경영하듯이, 북한에도 공장을 설립하는 것이다. 합작투자 시스템으로. 우리의 산업이 북한 노동력을 활용한다면, 중국과 인도와 대결할 수 있다. 비자 발급 시스템으로 가족의 중요한 행사가 있을 때마다 서로 왕래하게 하고, 합작투자로 서로 돈벌이를 하고. 일석이조다. 돈을 싫어하는 사람이 어디 있는가? 북한도 돈을 좋아한다.

이 두 가지가 이루어져야, 드디어 우리는 "통일은 대박"이라고 큰 소리를 칠 수 있다. 하지만, 정상회담이 한 번도 이루어지지 않은 이때 아직도 풍선을 띄우며 선전propaganda 전쟁을 치르는 이때를 보면, 보이지 않는 '멀고 먼-길'(나의 첫 앨범 제목)이다. 슬프다.

우리는 한순간에 모든 것을 잃을 수가 있다. 방심할 때가 아니다. 시리아를 보라.

일본 오사카성 천수각.

◎

일본

한국 사람에게 일본은 여러 가지 복합적인 감정을 가지게 하는 나라다. 증오, 괘씸한 놈들, 그리고 부러움. 마지막으로는 복수님을 갖게 하는 나라다.

19세기~20세기 초, 강대국들은 서로 세계를 지배하려고, 자원과 인력이 풍부한 약소국을 과학과 무력을 이용해 식민지로 삼았다. 베트남은 67년 동안 프랑스의 지배를 받았고, 미국과는 19년 동안 전쟁을 치렀다. 인도는 무려 89년 동안 영국의 식민지였다. 하지만, 현재 베트남은 프랑스와 미국의 문화적, 경제적 파트너다. 그들은 과거의 고통을 소화시켰다. 용서를 하고, 용서를 받은 상태다.

인도에게 영국은 현재 최고의 무역 상대이며, 양국은 서로 기술 제휴를 하고 있다. 인도 델리에서는 영국 사람들이 가장 많이 살고 있고, 런던에서는 인도 교포가 숫적으로 가장 많다.

하지만 우리는 일본을 용서하지 못한다. 왜? 역사적으로, 우리는 중국과 일본의 다리 역할을 했다. 한자에서부터 유교, 불교, 도자기까지. 우리는 일본 사람들을 키 작은 왜놈이라고 부르며, '왜구'라고 생각했다. 그런 일본이 우리를 36년 동안 지배를 하다니? 그것도 완벽하게. 역사를 빼앗고, 언어를 빼앗고, 이름까지 빼앗았기 때문에 도저히 용서할 수가 없는 것이다. 게다가 우리나라는 인도나 베트남같이 자력으로 독립한 것이 아니라 외부 세력에 의해 가까스로 독립했다. 미국의 원자폭탄 2개로. 그래서 나 같은 할배 세대는, 70년이 지난 지금까지도, 억울하다, 한탄스럽다, 사과하라를 반복하는 것이다. 참, 복잡한 감정이다.

1958년, 내 나이 열 살 때, 처음 도쿄를 방문했다. 깜짝 놀랐다. 서울에선 비포장도로에 한두 대의 차가 다니는데, 일본에선 온갖 색채의 자동차가 도로를 행진하는가 하면 최신식 전차가 수많은 사람들을 싣고 다녔다. 먹거리도 풍부했다. 아직도 미쓰코시 백화점에서 먹은 '모찌'가 나의 군침을 흘리게 한다. 열 살짜리 꼬맹이에게, 일본은 잊지 못할 추억이 되었다.

그후 나는 뉴욕에서 오랫동안 살아가면서, 수많은 일본인들과 비즈니스도 하고 서로 친구가 되기도 했다. 모두 하나같이 열심히 일하는 일본 사람들이었다. 일본인들에게 프로 정신은 기본이었다. 배울 것도 많았다.

우리에게 일본은 어떤 나라인가? 지난 2015년 12월 28일, 한국 정부가 일본 아베 내각과 위안부 협상을 맺은 것에 대해 국내의 들끓는 비판 여론을 지켜보면서, 일본에 대한 증오심이 우리에게 얼마나 뿌리가 깊은지 절감했다. 꼬리에 꼬리를 무는, 끝없이 악화되기만 하는 관계다.

조심스럽게, 나 같은 할배 세대가 세상을 떠나고, 다음 세대 땐 좀 나아지지 않을까, 하고 생각해본다. 희망 사항일까? 나의 믿음은, 이웃나라와 양호하게 지내야 평화가 오고, 나아가서 그런 상호 협력 관계가 돈이 된다는 것이다. 기술 교류와 문화 교류, 그리고 활발한 무역은 현재 우리가 겪고 있는 경제공황에 큰 플러스 요인이 될 것이다. 일본은 자그마치 세계 3위 경제 국가가 아닌가! 클린턴 미국 전 대통령이 말했다. "과거를 잊지 않되, 과거의 역사와 정면 충돌하여 화해해야 한다. 그렇지 않다면 미래가 없다."

큰곰 제언

여러분, 우리는 지금 심리전의 최전방이 두 군데나 됩니다. 북쪽으로 하나, 동쪽으로 하나. 그리고 우리 경제와 정치는 더욱 악화되고 있습니다. 삶의 질이 침식되고 있습니다. 우리나라의 생존 자체를 위해서라도, 타협의 선을 찾아야 합니다. 권투 시합이라고 하면, 원-투 펀치입니다. 쓰러집니다.

◎

성공의 길 4가지

1. Don't be late
2. Be thankful
3. Apologize
4. Good humour

내가 평생 인생 공부를 하면서 깨달은, 성공의 길로 가는 4가지 요소다.

1. 약속을 지켜라. 늦지 마라. 늦게 도착해서 항상 하는 말이 있다. "차가 너무 밀려서." 이것은 변명이 될 수 없다. 서울에 차가 밀리는 것은 20년 동안 모두 아는 사실이다. 그것을 알고 왜 30분 전에 출발하지 않았는가? 약속에 늦게 가는 것은 상대방을 모욕하는 일이다. 그만큼 상대방이 중요하지 않다는 것을 간접적으로 표현하는 것이다.

친구든, 가족이든, 직장 동료든, 비즈니스 회의든, 늦는다는 것은 그 사람의 프로답지 않는 자세를 말하는 것이고, 상대방을 그다지 중요하지 않게 생각하는 것이다. 내가 뉴욕 상업사진 스튜디오에서 매니저로 일할 때, 임원 한 명을 뽑기 위해 뉴욕타임스에 구직 광고를 냈다. 그러면 10명 정도 인터뷰에 응한다. 그중에 5분이라도 늦게 오는 응시자는, 나는 무조건 탈락시켰다. 인터뷰마저 늦는 친구가, 직원이 되면, 매일같이 지각할 것이다.

약간 늦는 것이 용서되는 경우는 있다. 데이트할 때 미모가 양호한 여자는 'Fashionably Late'(15분 정도 늦어도, 멋지게 봐주는 것이다). 하지만 20분이 지나면, 멋지지가 않다. 즉 Unfashionably Late. 결혼 상대자가 아니다.

반대로, 일찍 도착하는 것은 어떤가? 이것도 안 된다. 직장이든, 약속이든, 미팅이든, 상대방이 준비가 안 된 상태에서 들이닥치는 것이다. 특히 가정집의 저녁 초대 때, 15분 일찍 가면, 부부가 어쩔 줄 모른다. 마지막 준비를 한창 하고 있는데, '딩동' 하는 것이다. 매우 당황스런 일이다. 일찍 가지 말고, 늦게 가지 말고 시간을 지켜라. 이것이 프로 정신이다. "시간은 돈이다"라는 말이 있지 않은가?

2. 고맙다고 상대방에서 표현하라. 전날 기분 좋게 식사 대접을 받았을 때, "김 선생, 그렇게 맛있는 저녁은 처음 먹었습니다. 감사합니다." 전화든, 문자든. 동료가 다른 지인을 소개해줘서 자기의 사업이 잘 풀렸을 때, "친구야, 고맙다. 네가 박 부장 소개해줬기 때문에 내 가게를 더 좋은 장소로 옮겼다." "고맙다"라는 의미는 상대방의 노력이 헛되지 않았다는 것을 증명시켜 주는 것이다. 무엇보다 중요한 것은 '이렇게 고맙게 생각하니, 계속 도와줘야겠다'라는 생각을 갖게 한다.

서양 사람들은 "땡큐"를 입에 달고 산다. 웨이터가 냅킨을 가져다줄 때, "땡큐", 앞 사람이 문을 잡아줄 때 "땡큐", 마누라가 남편에게 넥타이를 매어

One rotten apple
spoils the bunch

줄 때 "땡큐, 베이비." 땡큐는 서양의 공기와 같다.

우리는 이 부분이 매우 모자라다. "고마워", "감사합니다"가 뭐 그리 어려운가? "아줌마, 김치 더 줘요." 반찬을 추가로 줘도 말 한 마디 없다. 엘리베이터 문을 잡아줘도, 그냥 도도하게 지나간다. 성경에도 이런 구절이 있다. "범사에 감사하라." 살아 있어도 감사하고, 라면 먹는 것도 감사하고, 가족이 있는 것도 감사하고, 가볍게 동네 산보를 할 수 있는 것도 감사하다. 왜? "Life is fragile." 인생은 부서지기 쉽다.

3. 사과하라. 자기가 잘못을 저질렀을 때, 바로 사과하라. 하루 이틀 내에. 역시 우리는 이 부분도 허약하다. 잘못한 줄 알면서 묵묵히 있는다. 그러고는 생각한다. "시간이 해결해주겠지." 시간이 해결해주는 것이 아니고, 상대방에게 불신의 이미지를 새겨놓는다. 괘씸하다는 감정의 유효기간이 48시간이다. 바로 사과하라. "미안해, 여보.", "동생, 내가 정말 잘못했어. 용서해줘." 이러한 한 마디로, 관계는 유지된다.

왜 우리는 "미안하다"는 말을 하지 못하는가? 서양 사람들은 "I'm sorry."를 입에 달고 산다. 일본인은 "쓰미마셍(실례합니다)."을 입에 달고 산다. 우리는 지하철 출근 시간에도 '툭' 치고 지나가면서도 말 한 마디 하지 않는다. 이유는 열등감 때문이다.

사과를 하면, 자기가 항복했다는 느낌을 가지는 듯하다. 오랜 외부의 침략 때문에, 무릎을 꿇는다는 것과 사과하는 것을 심리적으로 연결한다. 아니다. 사과하는 것은 그냥 자기 잘못을 인정하는 것이다. 자존심과는 전혀 관계가 없다. 우리는 인생을 살아가며 많은 실수를 한다. 실수를 안 하면 사는 것이 아니다. 실수, 실패, 좌절, 이것들 모두 삶의 한 과정이다.

"미안하다"라고 말한다고 해서 자기 위신이 낮아지는 것이 아니고, 오히려 인격을 높인다. "저 친구, 자기의 잘못을 깨닫기도 하고, 인격을 갖춘 사람이구나." 하고. 나도 사과하지 않는 친구는, 친구로 생각하지 않는다. 앞으로 서로 얼마나 많은 실수를 저지를 것인가? 사과하면 사과를 하나 더 받는다. 우정의 관계가 유지된다는 말이다.

4. 유머 감각을 가져라. 전 세계 여자들이 동의하는 말이 "나는 유머 감각이 풍부한 남자를 좋아한다"이다. 물론 돈이 최고고, 잘생긴 남자도 최고 인기이지만, 유머 감각만으로 여인의 마음을 사로잡을 수 있다는 말이다. 인생은 얼마나 피곤한가? 아침부터 아이들 등교시키고, 출근하고, 노동하고, 돈 벌고, 요리하고, 쓰레기 버리고, 부부 간 봉사활동을 하고, 피곤하다. 하지만, 한 줄의 농담, 깔깔거리는 웃음소리같이 좋은 음악은 없다. 얼마나 웃음이 몸에 좋으면 인도에 '웃음 종교'가 있겠는가?

미국 오바마 대통령도 재치 있는 농담으로 대통령이 되었다. 생각해보라. 흑인으로서, 부모도 없이, 거대한 후원자도 없이, 돈도 없이, 어떻게 대통령이 되었는가? 그리고 나이도 어렸다. 그는 오로지 자기의 인격과 예술 차원의 웅변으로 대통령이 되었다. 그의 웅변에는 항상, 적절한 농담이 녹아 있어 관중들을 빵 터지게 만든다.

심각한 경제난, 정치 난동, 전쟁 같은 무거운 주제를 논하면서도 관중들을 웃긴다. 듣는 사람들은 더욱 귀를 기울이게 되고 마음의 방어막을 제거한다. 오바마, 그는 웅변의 예술가다!

우리 정치인들과 경제인들은 항상 인상을 찌푸리고, 점잖은 척하고, 심각한 표정을 짓는다. 꼭 무슨, 화장실 바로 가기 직전의 표정으로 인터뷰를 한다. 딱딱하고, 형식적이고, 재미없고, 권위적이다.

방금 CNN 뉴스를 보는데, 앵커 남녀가 농담을 하며 서로 웃기고 시청자들도 웃긴다. 뉴스를 보도하면서. 얼마나 좋은가? 웃음의 선물을 아침부터 전 국민에게 전파하는 것이다. 영어로 말하면 "Hang Loose." 몸과 마음을 풀어라, 그 말이다.

일하고, 잠자고, 하루 세 끼 먹고, 사는 것이 뭐 그리 심각한가? 자기 생각하기 나름이고, 우리 인식의 문제다. 우리는 이 지구에 영원히 살 것도 아니다. 잠시 산보하고 무한대로 가는 것이다.

큰곰 제언

위트와 유머 감각으로 사랑을 찾고, 친구를 사귀고, 직장을 구하고, 국민의 마음을 사로잡으세요.

"LAUGHTER IS THE GREATEST MEDICINE."

웃음은 인생 최고의 약이다.

한국 교육

2015년, 두 명의 일본인 과학자가 노벨상을 받았다. 역대 일본인 노벨 수상자는 과학 분야에 20명이고, 다른 분야까지 포함하면 24명이나 된다. 아울러 중국인 여성 과학자도 함께 노벨상을 수상했다. 중국도 13번째 수상자를 배출한 것이다. 세계적으로 머리 좋다고 자부하는 우리로선, 부럽기 짝이 없다. 인터넷에서도 난리다.

"주입식 교육에다 입시에 내몰려, 학생들이 꿈조차 꾸지 못하는 교육 현실에서는 절대 노벨상 수상자가 나오지 않을 것이다."

"한국의 유교 문화에서는, 스승의 말을 거스르거나, 주류와 다른 의견을 가진 학자는 발을 붙일 수 없다. 그저 스승에게 빌붙어 기존 학설을 집대성하는 사람만 성공할 뿐. 이런 나라에서 노벨상은 어렵다."

"스포츠든, 과학이든 한국인들은 입신이나 출세를 위한 수단으로 삼는다. 좋아서 하는 녀석과는 창의성 면에서 차이가 날 수밖에 없다."

다 맞는 말이지만, 변명으로밖에 안 들린다. 왜 그럴까? 답은 우리 교육이다.

1. 흙을 밟고 걸으실 수

2. 푸릇푸릇하게 자라고

3. 정성껏 지어주신 설빔

4. 알록달록 꽃수 놓은 저고리

이것이 우리 양호 2학년 받아쓰기 문제다. 내게도 어려운데, 겨우 뇌가 형성되고 있는 어린아이에게 어떻게 이렇게 어려운 시험을 주는가. 더구나 문장 자체가 전혀 현실성이 없다. 초등학교 공부는 그렇다 치고, 고등학교에서는 학생들이 감당할 수 없을 정도의 과제를 준다. 입시생인 우리 조카를 보니, 아예, 자기 책상 주위를 커튼으로 치고 저녁 12시까지 공부한다. 아빠는 조용히 옆방에서 볼륨 없이 TV를 본다.

이게 무슨 비극적인 시츄에이션인가? 너무 슬퍼서 웃음밖에 안 나온다. 이것이 우리 교육의 현주소다. 당장 고쳐야 한다.

1. 초등학교는 무조건 놀게 한다. 충분한 자유 시간을 주고 몸과 마음의 여유를 가지게 한다. 숙제는 No!
2. 국어와 수학만큼, 체육과 미술, 음악의 비중도 똑같이 가르친다.
3. 수학 강국이라고 자랑하는 우리에겐, 최첨단 삼각법trigonometry 같은 수학식은 전혀 필요가 없다. 더하기, 빼기, 곱하기, 나누기, 그리고 나아가서 로그logarithm 정도.
4. 공부 강도를 약하게 하되, 공부를 좋아하고 천재적인 학생들을 위해 특수 A반을 구성한다. A반 문학, A반 수학 등. 이 친구들이야말로 대

학에 가서 과학이나 문학 분야에 큰 발자국을 남기게 될 것이다.

5. 학원 No! 인스티튜트Institute 시스템을 설립한다. 1년제 요리학교, 수학 학교, 시인학교, 사진학교 등. 어린 학생뿐만 아니라, 전 인구가 참여할 수 있는 기구를 만들어 현재 학원 시스템과 교체한다. 인간은 한평생 배우는 것을 좋아한다. 나도 지금 중국어를 배우고 있다.
6. 대학은 꼭 공부할 사람만 진급한다. 가장 중요하다. 어머니가 시켜서가 아니라, 학문을 정말 좋아하고, 고등교육을 꼭 받아야 할 사람만 가는 것이다. 지금은 대부분, 집안 권유로, 그냥 멋으로 대학에 간다. 대학은 멋 부리는 데가 아니다. 공부하고 연구개발하는 장소다. 그리고 학비는 항상 너무 비싸다. 대학은 장난치는 곳이 아니다. 그리하여 미국은 대학 진학생이 37퍼센트밖에 안 된다(최근엔 41퍼센트까지 올랐다고 한다). 간단하게 말해서, 미국 학생들은 공부할 사람만 간다. 우리는 대학 진학률이 70퍼센트나 된다. 공부가 그렇게 좋아서 가는 건지, 아니면 집안 압력이나 체면 때문에 가는 것인지? 그리고, 과연 고등 공부를 하는지? 내가 사는 신촌 대학촌은, 술집과 음식점과 패션 부티크가 수백 개나 되지만 서점은 하나밖에 없고, 도서관은 하나도 없다. 과연 우리 동네가 캠퍼스 타운인지?

미국에서 대학 진학자가 많지 않은 이유는 첫째, 대부분 학생들이 고등 공부를 싫어해서다. 둘째, 너무 비싸다. 빚지기 싫어한다. 셋째, 졸업하기 어렵다. 공부가 장난이 아니다. 그래서 대학 중퇴자가 졸업자보다 더 많다. 빌 게이츠, 스티브 잡스도 대학 중퇴자다. 나도 같이 낑겨? 한대수 할배도 중퇴자! 간단하게 말해서 공부가 그만큼 어렵다는 말이다.

이것이 정상 아닌가? 고등학교까지는 쉽게 항해하다가, 대학은 학문을 연구할 사람만 입학하여 그들이 새로운 과학과 시스템을 개발하는 것이다. 미국의 경우, 소수 1퍼센트가 첨단 기술을 개발하여 현재의 인터넷 검색 엔진에서부터 워드 프로세서, 우주공학 등을 리드하고 있지 않은가? 덤으로 노벨상도 타면서.

초등학생에게 자유를

우리의 비효율적인 교육 시스템을 어떻게 바꾸느냐? 초등학생은 무조건 놀게 한다. 기본적인 글쓰기, 수학, 과학 정도. 충분한 자유 시간을 주어서, 어린이들의 신체적, 정신적 발달을 천천히 자기 속도대로 전진하게끔 한다. 고등학교는, 전문학교를 많이 개설해, 고등학교만 졸업해도 먹고살 수 있도록 하는 것이다. 예를 들어, 항공학교, 디자인학교, 자동차정비학교 등 특수 분야를 중심으로 학생들을 교육시킨다.

뉴욕에는 High School of Performing Arts라는 고등학교가 있다. 연예인 지망생을 위한 고등학교로 수많은 대가들을 배출했다. 알파치노, 로버트 드니로, 라이자 미넬리, 수잔 베가와 같은 스타들이 이 고등학교 출신이다. 구태여, 비싼 대학 학비를 대출받지 않고서도 자기의 길을 찾을 수 있으니, 얼마나 좋은가.

대학교도 주니어 컬리지, 즉 전문 지식 위주의 2년제 대학교를 많이 설립할 필요가 있다. 아니, 현재 재정난을 겪고 있는 4년제 대학을 2년제로 재구조화Re-structure하는 것도 방법이다. 4년제 대학과 대학원은 꼭 공부하는 것을 영화 보는 것보다 더욱 좋아하는 학자들만 가게 한다.

지금 한국 현실의 문제점 중 하나는 'Over-education', 즉 지나치게 필요 이상으로 고학력을 가졌다는 점이다. 전 세계에서 제곱미터당, 대학졸업자, 석사, 박사가 가장 많다. 고학력의 청년들이 원하는 직업이 없는 것이지, 직장이 아예 없는 것은 아니다. 어떻게 석사, 박사가 공장 일을 하겠는가? 3D-더럽고dirty, 위험하고dangerous, 천박한demeaning 일은 하려고 하지 않는다. 현재 '청년 실업' 문제에는 이런 요인도 영향을 미쳤다. 필요 이상의 고학력, 그 관념에 맞출 일이 없다는 것이지, 일자리가 없는 것은 아니다.

큰곰 제언

여러분, 이것을 어떻게 고칠 수 있을까요? 정부의 정책도 중요하지만 우리 어머니들의 관념을 바꿔야 합니다. "대수야, 너는 대통령이 꼭 되어라."가 아니고, "대수야, 네가 원하는 일을 하라, 그리고 즐겁게 살아라." 이런 식으로 어머니들의 역할이 가장 중요합니다.

어머니 이야기를 하니 MADD가 생각납니다. Mothers Against Drunk Driving. 음주운전 반대 엄마들 말입니다. 1980년, 엄마 캔디 라이트너Candy Lightner는 자신의 열세 살짜리 딸을 교통사고로 떠나보냈습니다. 사고를 낸 운전자는 술 취한 상태였습니다. 라이트너는 이 억울함과 분

노를 표출하기 위해, 동네 어머니들을 조직해 음주운전 법을 통과시킵니다. 곧이어, 음주운전법은 상원의원을 통과해 전 미국의 법으로 적용됩니다.

현재 2016년엔, 라이트너가 시작한 작은 운동이 전 세계의 법이 되었습니다. 음주운전법 때문에 현재 음주 교통사고는 50퍼센트 줄었습니다.

땡큐, 캔디 라이트너!

어머니, 당신들은 위대합니다. 학원 10군데를 돌리며, 아이들을 12시 자정까지 공부시킬 것이 아니라, 자유를 주세요. 아이들이 꿈을 꾸며 즐겁게 놀 수 있게 말이에요. 그리고 거리에서 아이들의 웃음소리를 다시 찾게 해주세요.

양호, 타즈마할.

"HAPPY CHILDHOOD GUARANTEES SUCCESS."
기쁨이 찬 어린 시절은 성공의 보증 수표다.

My Name is Brian

우리 조카가 결혼한다. 인사하러 우리 집에 왔다.

"삼촌, 내 신랑감이에요."

"어, 양호하네. 이름은?"

"제 이름은 브라이언이에요."

"그럼 교포?"

"아니에요. 순 국산 한우예요."

알고 보니 국제변호사로, 일할 때 쓰는 이름이라고 한다. 외국 변호사도 많고 워낙 업무가 복잡하고 많으니, 전 직원에게 사장이 영어 이름을 지어주었다고 한다. 브레인, 제임스, 에디 등등. 사장 이름은 로키. 워낙 직장에서 선배, 후배, 팀장 등등을 따지니 이런 권위적인 분위기가 업무에 지장을 준다고 느낀 것이다.

맞다. 우리는 나이 가지고 너무 따진다. 경험과 프로페셔널리즘Professionalism을 요구하는 이 시대에 선후배를 따지는 것은 복잡한 일을 처리하는 데 걸림돌이 될 수 있다. 특히 원자력 발전소나 여객기 조종사 같은 경우엔 경험 아닌, 선배님을 모시다가 위험할 수도 있다.

2013년 아시아나 사고를 수사한 미국연방항공청Federal Aviation Administration, FAA도 한국의 유교적인 문화 "선배님 먼저"를 지적했다고 한다. FAA는 경험이 적은 나이 든 조종사에게 양보하는 것도 문제가 있다고 제시했다. 물론 우리 미디어는 반발했다.

지금은 농경 사회가 아니고 테크놀로지 사회다. 고대에는 책도 컴퓨터도 없었고 무조건 나이 든 경험자의 노하우가 바이블이었다. 첨단 기술이 요구되는 이때, 무조건적인 "선배님 먼저"는 비효율적인 결과를 가져올 수 있다.

우리 축구 국가 대표팀이 역사적인 가장 큰 성과를 거둔 때는 2002년 월드컵 4강. 온 나라가 흥분의 도가니였다. 팀을 이끄는 네덜란드 감독 거스 히딩크는 선수들이 첫날 연습한 후 점심 먹는 모습을 보고 놀랐다고 한다. 나이 든 선수는 중앙 식탁에 앉아서 즐겁게 식사를 하는데 어린 선수들은 코너에 몰려 조용히 밥을 먹고 있었다. 히딩크가 "이게 뭐야? 왜 따로 따로 먹어?"라고 묻자, 조감독이 우리 문화를 설명했다.

"허튼 소리! (소똥이야.) 우리가 승리하려면 팀워크가 필요해. 이 순간부터 당장 서로 똑같은 식탁에서 밥 먹고 작전에 대해 자유롭게 대화를 나누라고. 너는 선배가 아니고 후배가 아니야. 좌측 공격수고, 우측 공격수야."

그리고 아주 어린 박지성이란 선수가 스타 플레이어로 탄생했다.

대수, 만리장성.

"OLD AGE AIN'T NO PLACE FOR SISSIES."
-BETTE DAVIS

늙는다는 것은 장난이 아니다.
용감한 사람만 늙어갈 수 있다.

– 베티 데이비스(명배우)

◎

세월호 추모공원

세월아, 세월호를 잊지 마라. 이 비극은 인간의 탐욕 때문에 발생했다.

돈을 아끼기 위해, 아마추어 선장과 승무원을 고용했고, 돈을 더 벌기 위해 과도한 짐을 배에 실었다. 전문 지식이 없는, 우왕좌왕하는 아마추어 구조대원들. 이유 없이 어린 생명을 잃었다.

딸이 네 살 때부터 홀로 키운 그 아버지의 고통의 깊이를 누가 이해하겠는가. 이것이 세월호의 비극이다.

배를 인양하는 것도 만만치 않다. 이탈리아 '코스타 콘코르디아 호'의 경우, 수상에 기울어진 배를 바로 세우는 데 1년 9개월 걸렸다. 거꾸로 뒤집힌 수중의 세월호를 인양하는 데도 오랜 시간이 걸릴 것이다. 특수 장비를 제작해야 한다. 또다시 밀려올 비극은, 법적 소송일 것이다. 얼마나 갈지? 1년? 2년?

이 모든 것이 마무리되고 비극의 장이 내려오면, '추모공원'이 필요하다고 생각한다. 오드리햅번 재단 이사장인 아들 숀 햅번이 세월호 추모숲을 제안했다고 한다. 좋을 것 같다. 어둠에 비참하게 죽은 어린 생명들을 위하여 숲에서 기도할 수 있고, 또 산책할 수 있는 공간이 될 것이다.

9.11테러가 15여 년이 지난 지금도 미국 911추모공원(911메모리얼파크)에

는 수백만 명의 전 세계인이 방문한다. 큰 광장 중앙엔 검은 대리석 분수가 자리 잡고 있다. 네모 모양의 분수는 물줄기가 위로 올라와 다시 중앙으로 내려가는 '인생의 춤'과 같은 사이클을 보여준다. 분수 테두리에는 모든 희생자들의 이름이 새겨져 애도자들이 만질 수도 있고 꽃도 놓을 수가 있다.

전 세계가 기억하고 기도할 수 있는 자리가 마련되었듯이 우리도 이러한 공간을 만드는 것이 마땅하다고 생각한다.

세월호 추모공원은 어린 영혼을 달래며 조용히 울 수 있는 기회를 줄 것이다. 무엇보다 다시는 이런 아마추어 같은 인간 실수가 있어서는 안 된다는 것을 상기시켜줄 것이다.

immediate
Center site
union leader
equipment t
Committed t
not broken th
assigned shift
remains of vic
common goal,
without occasic
firefighters flare
construction wor
unity prevailed o
developed bonds
This workforce, sp
formed a commun
food and comfort
congregated at the
POLICE
EMERGENCY
RESCUE 3
F.D.N.Y.
RESCUE 4

One rotten apple
spoils the bunch

"PEACE TO THE SOUL IN PAIN."
고통받는 영혼에게 평화를.

"A COUNTRY IS JUDGED,
NOT BY ITS VICTORY
BUT BY HOW SHE HANDLES DEFEAT."

한 민족을 평가할 때, 승리의 기쁨보다
어떻게 비극을 극복하느냐에 달렸다.

◎

시간 빈곤 코리안

'TALK ASIA'라는 CNN 뉴스 프로그램에 〈시간 빈곤 코리안〉이라는 다큐가 방송됐다. 간단하게 말해서 한국 사람은 시간이 없다는 말이다.

남편은 새벽 7시부터 교통난과 싸워 출근하고 직원들과 함께 점심을 먹고 또 회의를 하고, 회식 자리는 수시로 이루어지고, 대리운전을 해서 집에 돌아오면 밤 11시! 샤워를 하고 잠이 들어도 가끔씩 있는 조찬 7시 미팅에 합석하기 위해 다음날 새벽 5시에 일어나야 한다. 잠도 제대로 못 잔다. 겨우 다섯 시간?

또 회사에서 진급하려면 시험을 봐야 하기 때문에 학원에도 가고 골프도 쳐야 하고 동창회도 가야 한다.

마누라는 더 바쁘다. 애 둘 학교 보내고, 학원 네 개 보내고, 밥하고 청소하고 아이들 숙제도 같이 해야 한다. 그리고 아이들 픽업하고 병원 가고 시어머니 심부름도 하고 그리고 새벽기도까지. 오! 주여! 나에게 시간을 주소서!

아이들은 더 바쁘다. 저녁 12시까지 공부를 해야 좋은 대학에 갈 수 있다. 거기다 스마트폰, 카카오톡, 이메일, 문자메시지, 스카이프까지! 하루 종일 답장 하느라 바쁘다.

패스트푸드가 인기가 있을 수밖에 없다. 10분 안에 주문하고 먹고 나간다. 설렁탕 먹을 시간이 어디 있나? 아르바이트 하고 학원 가야 하는데!

나의 공연을 맡은 예술 감독도 바빴다. 내 공연뿐만 아니라 뮤지컬도 하고 있었다. 또 중국 아이돌 스타의 순회공연 기획 때문에 중국 여행뿐 아니라 중국어 학원까지 다녔다.

싱글녀인 그녀에게 물었다.

"도대체 왜 그리 바쁘게 사는 건가요?"

"뭔가를 하지 않으면 불안해요. 인생의 줄을 놓치는 것 같아요. 지금 1000회 공연했어요! 하루에 4시간밖에 못 자요."

오! 어떻게 해야 합니까? 여러분, 돈은 벌 수 있어도 시간은 벌 수가 없나요?

큰곰 제언

조찬 회의, 회식 그리고 아이들 학원을 조금 줄이면 어떨까요?

"TIME WAITS FOR NO ONE."
시간은 우리를 기다려주지 않는다.

우리의 미래 돈벌이?

나는 걱정한다. 앞으로 어떻게 먹고 살 것인가? 1960년대 가발로 시작한 수출·수입이, 합판으로 이어졌고, 지금 반도체 산업으로 20년 동안 양호하게 발전하여 선진국 계열에 입성했다.

나는 '걱정'된다. 우리의 효자 수출품인 핸드폰, TV, 디스플레이, 자동차는 이젠 끝났다. 앞으로 중국 하이테크 대기업들이 똑같은 고품질의 제품을 반값으로 내놓아 세계시장을 장악할 것이다. 심지어 경영진과 노조의 심각한 불협화음으로, 자동차 산업과 조선업도 위기에 놓여 있다. 그럼 미래의 길은, 하고 큰곰 박사에게 묻는다면, 나는 다섯 가지에 초점을 맞추고 싶다.

1. 물 관리water management : 빗물, 썰물, 빙하물, 바닷물, 하수구 물 등 모든 지구의 물을 효과적으로 관리해 대중들에게 깨끗하게 마실 수 있는 물을 공급하는 시스템이다. 지금, 그리고 가까운 미래에 전 지구는 물 부족으로 진통을 겪을 것이다. 현재 깨끗한 물은 3퍼센트, 이 중 공급되는 물은 0.08퍼센트밖에 안 된다. 미국과 브라질 기업체가 활발하게 움직이지만, 최고의 리더는 이스라엘 회사다. 옥사나도 투자할 계획이다.

2. 태양광판solar panel : 태양광판은 미래다. 최근 한화에서 중국 기업체를 인수했지만, 이미 늦었다. 이 부분은 미국과 중국이 장악하고 있다.

3. 전기 자동차 : 현재 일본 회사 니신과 미츠비시가 가장 앞서가서 세계 시장을 확보해가고 있다. 고급차로선 미국 테슬라가 장악하고 있다. 전기차의 '페라리'라고 불리며 수요를 못 채울 정도로 잘 팔린다. 전기차는 논란 없는 미래다.

4. 우주 산업 : 영국의 버진 갤럭티카, 아마존닷컴 회장 제프 베조스의 블루 오리진, 테슬라, 앨런 머스크의 스페이스-X. 10년 내에 민간인을 태우고 우주 여행을 할 것이다. 죽기 전에 우주를 실제로 본다는 것은 많은 사람들의 소원이다. "영자 씨, 우리 달나라로 신혼여행 한 번 갈까요?" 4만 5000달러면 된다고 한다.

5. 영화 산업 : 영화, 음반, 즉 엔터테인먼트 산업은 계속 확장할 것이다. 서민들이 하루 노동하고 쉴 때 음악과 영화 이상의 즐거움은 없다. 1989년 소니는 초창기 때 미국 컬럼비아 영화사를 샀다. 우리 삼성도 10년 전에 20세기 폭스 사를 사야 했는데 놓쳤다. 영화는 영원하다. 그리고 영원한 돈벌이다.

◎

도덕적 책무

요즘 한 영화배우가 연애를 한다고 난리가 났다. 3일 동안 검색어 1위! 어떤 TV 프로그램에서는 전문가들이 나와서 '결혼을 할 것이냐?', '결혼을 안 할 것이냐?', '회장님이 되는 전 남편은 얼마나 불편할까?' 하며 온갖 분석을 내놓았다. 나는 이 광경을 보고 놀랍도록 생각이 좁아진 우리 사회를 한탄하게 되었다.

범죄를 저지른 것도 아니고, 불륜도 아닌데! 결혼을 할 수도 있고, 안 할 수도 있고, 전 남편이 불편해할 수도 있고, "아이고 잘 됐다" 할 수도 있고. 우리가 상관할 바가 아니다. 고독한 두 남녀가 사랑을 찾았다면, 가만히 두는 것이 도의적인 일이다. 한평생 우리가 몇 번이나 사랑에 빠지겠는가? 카사노바가 아닌 이상 한두 번, 두세 번?

이것은 심각한 사생활 침해다. 나도 많은 기자들을 상대해봤지만, 대부분은 개인 생활 침범 문제에 대해 크게 개의치 않았다. 특히 인터넷 신문은 더더욱 수준 미달이었다. 내가 사진학교를 다닐 때, 꼭 들어야 하는 과목은 'moral obligation(도덕적 책무)'이란 과목이었다. 나의 글과 사진이 '도덕적 책무'를 완수할 뿐만 아니라, 사회적으로 어떠한 파장을 일으키느냐를 다루는 필수과목이었다.

두 기자, 우드워드Woodward와 베른스테인Bernstein이 워터게이트 사건을 폭로했을 때, 닉슨 대통령은 탄핵당했다. 이 사건은 "오, 마이갓! 대통령도 탄핵할 수 있구나!" 하고 세상을 놀라게 하고, 세상을 바꿔놓았다. ISIS가 만행하는 비디오 한 장면을 보고, 오바마 대통령은 명령을 내렸다. "ISIS 본부를 무자비하게 공격하라!" 이후 ISIS 본부가 밤낮으로 폭격을 당했다.

서양에서는 타블로이드Tabloid라고 해서 가십만 다루는 신문이 따로 있다. 재미있는 것은 매일같이 법적 고소를 당한다는 점이다.

큰곰 제언

기자 여러분, 편집국장님, 신문과 방송을 증명되지도 않은 가십 덩어리 매체로 만들 것입니까? 'moral obligation'을 공부해야 합니다. 그리고 여러분, 남 연애하는 것에 큰 관심을 두지 마시고, 여러분들도 연애하십시오.

◎

민족주의

마크 리퍼트 주한미국대사 테러 사건은 있을 수 없는 일이다. 미국 대사관이 적대국으로부터 공격을 당한 적은 몇 번 있지만, 대사를 직접 흉기로 공격한 것은 이번이 처음이다. 그것도 둘도 없는 우방국가에서. 생각해보라, 우리 대사가 워싱턴에서 똑같은 변을 당했다면?

사람들은 흔히 민족주의와 애국주의를 혼동한다. '태양의 나라' 일본을 제2차 세계대전으로 이끈 것은 민족주의였다.

대동아공영, 이것은 전 아시아가 더불어 같이 부흥한다는 말이다. 얼마나 멋진 말인가? 문제는 일본 민족의 지휘 아래 이끌어간다는 것이었다.

민족주의의 가장 극한 케이스가 나치 당이다. 그들은 이렇게 생각했다. '우월한 독일 아리안 민족이 열등한 다른 민족을 이끌어간다. 독일 경제를 좀먹는 유태인은 학살해도 마땅하다.' 무려 600만 명이나?? 무서운 것은 성공할 뻔했다는 것이다.

주한미국대사 테러 사건은 계속 악화되는 'KOREA' 브랜드를 완전히 바닥으로 내려놓았다. 거기에 대한항공Korean Air의 땅콩 사건! (왜 하필 korean인가?) 그리고 지속적으로 문제되는 북핵 문제. 국제적인 이미지가 창피하기만 하다.

미국은 다인종 국가이지만 놀랍게도 애국심이 강한 나라다. 9.11테러 이후 이라크를 10일 만에 붕괴시켰다. 미국 사람들의 심리를 나만큼 아는 사람도 드물 것이다. 우리 정부는 외교관을 보호하지 못한 점에 대해서 깊이 사과해야 한다. 아니면 누가 한국에 자기 나라 외교관을 파견시키겠는가?

한 개인에게 좋은 친구가 많으면 '권력'이 된다. 한 나라에 우방국가가 많으면 '국력'이 된다. 우리의 친구는 누구인가? 중국? 일본? 러시아? 북한?

우리는 지금 몹시 고립된 상황에 처해 있다. 이 문제를 빨리 해결하지 않으면 할 수 없이 혼자 '고독한 커피'를 마셔야 할 것이다.

"ONE ROTTEN APPLE SPOILS THE BUNCH."
썩은 사과 한 개가 모두를 썩게 한다.

나를 흔든 시 한 줄

나의 군대 생활은 지옥이었다. 1971년, 뉴욕에서 귀국한 지 2년도 채 안 됐을 때였고, 베트남 전쟁 종결 4년 전이었다. 당시 나는, 첫 번째 리사이틀인 남산 드라마센터 공연(1969년)의 대성공으로 주목받는 신인 작곡가 겸 가수였다. 그런데 군대에 가게 됐다. 내 청춘의 꽃은, 제대로 피워보지도 못하고 진 것이다. Flower in dirt, 쓰레기통에 버려진 못다 핀 꽃 한 송이.

내가 어떻게 군대 생활을 할 수 있었겠는가? 한국말도 제대로 못했고, 젠틀맨 학자 할아버지 밑에서 성장하면서 한 번도 맞은 적이 없는데…. 진해 해군 신병훈련소는 가혹했다. 육군의 4주 훈련보다, 해군의 12주는 생지옥이었다. 구보와 심한 마찰로 겨드랑이는 항상 부어 있었고, 발은 영원한 무좀, 그리고 나의 엉덩이와 허벅지에는 사라지지 않는 무지개 색깔. 야구방망이로 상관에게 매일 맞았다. 나의 정신력과 자아는 완전히 꺾였다. 무조건 복종해서 살인 기계killing machine를 만드는 과정이었다.

뉴욕 이스트 빌리지에서 온 한국 최초의 히피가 어떻게 살인 기계가 될 수 있단 말인가? 사랑과 평화, 마리화나와 록, 그리고 항상 여인들에게 열심히 '봉사활동'을 해왔던 뉴요커가 어떻게….

인간이 다른 인간을 죽일 권리는 그 누구에게도 없다! 사상적이든 종교적이든, 땅을 빼앗기 위해서든, 나의 두뇌 구석구석이 모든 인간의 자유와 평화를 외쳤다. 인간이 어떻게 이렇게 잔인하고 비논리적일 수 있는가? 어떻게 야구 방망이로 기절할 때까지 때릴 수 있는가?

이럴 때 나를 버티게 한 유일한 시가 있었다. 바로 알렉산드르 솔제니친의 대작, 수용소 군도Gulag archipelago의 시 한 구절.

Does God, who is perfect love, allow
This imperfection in our lives?
The soul must suffer first to know
The perfect bliss of paradise
Harsh is the law, but to obey
Is for weak mortals, the only way
To eternal peace

완전한 사랑의 하나님
저희 삶이 이토록 불완전함을 두고 보시렵니까?
천국의 완전한 행복을 알려면
영혼은 반드시 고통부터 경험해야 합니다
법은 가혹하지만
복종은 약한 인간들이 영원한 평화로 가는

단 하나의 길입니다

인간은 가혹하다. 아니 더럽다! 탈영하면 안 된다. 나의 사랑하는 약혼자가 기다리고 있다. 솔제니친은 11년을 시베리아 강제수용소에서 살아남았다. 나도 3년 3개월을 견딜 수 있다! 솔제니친은 1970년에 노벨문학상을 탔다. 나는 1974년 6월 5일에 명예제대를 했다. 그리고 7월 4일 결혼을 했다. 나는 울었다. 그리고 나는 해군의 역사를 썼다. 병장으로 단 한 번도 나의 졸병에게 야구 방망이를 들지 않은 수병으로! 동료 전부가 "대수, 너 때문에 졸병들이 군기가 빠졌어!" 나는, "어떻게 약자를 세워놓고 야구 방망이를 치냐? 삼복 더위의 개냐?" 이랬다.

"PEACE & LOVE EVERYONE."
평화, 그리고 사랑

NO WAR!
NO WAR ON IRAQ

One rotten apple
spoils the bunch

◎

한국 남자는요?

옥사나와 나는 TV 프로그램 'LOVE IN ASIA'를 즐겨본다. 국제결혼을 한 커플의 일상을 그린 이야기다. 웃기기도 하고, 슬프기도 하다.

통계를 보면, 2007년 외국인 결혼은 전체 결혼 중 11퍼센트였다. 현재는 20퍼센트를 달리고 있다. 주로 농촌 남자들이 필리핀, 베트남 여자들을 아내로 맞이한다. 하지만 문화의 융화가 쉽게 이루어지지 않아서 이혼율도 높다. 40퍼센트다.

한국 여자에 대한 한국 남자들의 불만은 잘 안다. 너무 돈만 따진다는 것이다. 같이 노력해서 같이 모은다는 개념보다는 우선 남편이 될 사람에게 돈이 어느 정도 있어야 한다는 개념을 갖고 있다는 것이다. 한 친구가 선을 보았는데, 여자 측에서 통장을 보자고 요구한 적이 있었다고 한다.

며칠 전, TV를 보고 있을 때 우리 밴드 코러스 걸이 양호가 무척 보고 싶다며 방문했다. 내가 "다윤 씨 큰일 났어. 한국 남자들이 자꾸 베트남 여자와 결혼하네." 그녀는 "한국 남자가 문제"라고 한다. 그녀가 보기에 한국 남자는 이랬다.

1. 외모 지상주의

예쁜 여자에게는 밥 사주고 못생긴 여자한테는 얻어먹는다. 사실 이건 전 세계 모든 남자에 적용된다. 미안하다.

2. 남성우월주의

우리 때만 해도 맞는 말이다. 지금은 태도가 많이 변하고 있다.

3. 마마보이

이건 맞다. 어머니들이 워낙 아들에게 '올인' 하니 결혼하더라도 부인보다 엄마 말을 듣는다. 나도 우리 엄마가 한마디 하면 귀를 기울인다. 엄마가 나를 제일 잘 아는 여자다.

4. 바람 피는 걸 자랑으로 여긴다.

글쎄, 이것도 옛날 이야기다. 여자도 똑같은 행동을 할 수 있으니, 결국 결혼이 깨진다.

남자는 현재 GDP가 낮은 동남아 여자들과 결혼을 많이 하고, 한국 여자는 주로 미국 아니면 유럽 남편을 얻는다. 우리 한 씨 여자들도 60퍼센트가 외국 남편을 가졌다.

20년 후 한국의 그림은 많이 달라질 것이다. 20퍼센트, 즉 10명 중의 2명이 혼혈 한국인Mixed-Korean으로 구성될 것이다. 나의 딸 한양호는 그 기수가 될 것이다.

헤드라인 뉴스

요즘 인터넷 일간지를 보면 놀랍다.

"해병대 캠프 사고" 옆에 "톱 배우 속옷 노출"

"아시아나 희생자" 옆에 "전신 시스루, 야해도 너무 야해"

"홍명보 감독, 한국 수비는…" 밑에 "여대생 하의 벗겨진 채 옥상에서"

그리고 아예 오른쪽 코너는 비키니 사진, 속옷 사진으로 도배했다. 그것도 70~80년 된 권위 있는 신문들이다.

외국인 입장에서 보았다면 한국 사람들이 섹스에만 몰입한 걸로 알 것이다. 어떻게 '시스루 룩'이 헤드라인 뉴스가 되는가? 뉴욕타임스나 르몽드에서는 있을 수 없는 일이다.

큰곰의 분석 결과, 우리나라는 성인유흥산업Adult entertainment industry이 없다. 《플레이보이》 같은 제대로 된 성인 잡지도 없고(《플레이보이》는 세금을 많이 낸다), 캐나다같이 남자들이 가끔씩 즐기는 스트립 바도 없다. 그러니, 뉴스를 다루는 인터넷 일간지가 성인 잡지 역할도 하는 것 같다. 어설픈 외설Soft-porn 잡지가 돼버렸다. 어떻게 "오바마 대통령 연설문" 옆에 "레이싱 걸 누구 누구 볼륨 몸매, 비키니도 감당 못해"가 있는가. 완전 코미디다.

더욱 창피한 것은, 한국 남성들이 동남아에서 섹스 투어sex tour의 넘버원,

One rotten apple
spoils the bunch

VIP 고객이라고 한다. 특히 필리핀에서는 한국 고객과 필리핀 여자 사이에 낳은 '코피노KOPINO, Korean-Philipine'가 사회적인 이슈가 되어 한국 정부에 압박을 가하고 있다. 만 명도 넘는, 그냥 버려진 아이들이다. 아 – 눈물!!

성적 욕망은 하루아침에 사라지지 않는다. 이 부분에 아무런 정책도 없이 쉬쉬 한다면 우리 양심에 또 하나의 'DMZ'가 생긴다.

자, 그렇다면 큰곰이 추천하는 세 가지 선택이 있다.

1. 남미같이 완전 합법화시킨다.
2. 유럽과 북미같이 산업을 규제한다.
3. 북한과 사우디아라비아같이 사형을 시킨다.

정치인들, 국민 여러분, 선택하십시오.

"CLASS MY ASS."

클래스가 뭐냐고?
내 엉덩이다.

◎

Sue Me, Sue You
(우리 서로 고소하자)

유럽이 미국을 비난할 때 'Ugly American(추악한 미국인)'이라 부른다. 때론 'Sue me, Sue you country(서로 고소하는 나라)'라고 비꼬기도 한다. 맞는 말이다. 미국은 워낙 법정 고소가 많기 때문에 1년에 1500만 건, 2초 만에 한 건, 어른 12명당 1명꼴로 법적 고소가 일어난다.

정말 어마어마한 숫자로 미국의 사법제도Legal System를 마비시킨다. 그야말로 핸들 없는 자동차다. 정부에서 조절할 수도 없다. 또 조절하지 않는 이유는 이렇게 불미스러운 행위가 산업화돼 있기 때문이다. 그들은 수많은 판사, 변호사, 사설탐정, 배심원을 고용한다. 자동차 사고, 의료 사고 같은 고소는 기본이고, 학교 선생님을 상대로도 고소한다. 이혼 소송은 비일비재하며, 심지어 프랜차이즈 햄버거를 매일 먹었기 때문에 비만이 되었다고 고소한다.

우리 사회를 관찰해보니 이 부분에서 한국도 미국을 따라가고 있다. 간단하게 서로 해결할 수 있는 교통사고도, 연예인 이혼 소송도 고소가 기본이 된 것 같다. 변호사들이 너무 많기 때문에 사소한 사건도 확대시켜서 변호사들이 스스로 돈을 챙기는 측면도 있어 보인다. 상대방의 주머니 사정을 파악

한 후 일주일이면 해결될 사건도 한 달씩 질질 끈다. 결국 고소한 사람이나 고소당한 사람은 변호사만 부자로 만드는 셈이다. 고소, 맞고소, 맞맞고소, 또 맞고소.

나도 미국에서 배심원으로 두 번 일해봤기 때문에 이런 법제도가 법적으로 용인된 사업legal business이라는 것을 잘 안다.

얼마 전, 양호가 좋아하던 놀이기구가 없어져서 알아보니, 한 어린이가 놀다가 사고를 당해 해당 기관이 고소를 당했다고 한다. 그래서 놀이기구를 없앤 것이다. 슬프다. 어린이들이 법적 고소 때문에 희생당한 것이다.

이제, 서로 악수하면서 사건을 해결할 수 있는 신사들의 타협gentleman's agreement은 없어진 것인가?

"A COUNTRYMAN BETWEEN TWO LAWYERS
Is LIKE A FISH BETWEEN TWO CATS."
- BENJAMIN FRANKLIN

두 변호사 사이에 있는 우리들은
두 고양이 사이에 끼인 물고기와 같다.
– 벤저민 프랭클린

Ammonia
YOU ARE NOT A CLONE
Duncan High
HASH BROWNIE Mix
$4.44
6oz box
ELEVEN
the 24/7 excuse for everything
mind good
THC
Kentucky Fried Freedom
good
Yucky Children Charmer
Coco Puffed Paunch
YOU
GARCIA
ORGANIC
SOUP
MISSING
COW MEAT
$6.66
Mob Style
HorseHead
$86.45 each
YOU ARE NOT HERE
Trix
Healthy Rabbits Don't Eat The Trix
Mythical
HAPPY
YELLOW

"IT'S SIMPLE TO COMPLICATE THINGS, BUT COMPLICATED TO SIMPLIFY THINGS."

(간단한 문제를 복잡하게 만드는 것은 쉽지만,
복잡한 문제를 간단하게 만드는 것은 어렵다.)

GOING TO NEW YORK

PART 03

뉴욕으로,
나의 환상을
채우기 위해

TO FILL MY FANTASY

#LOVEISON
#LOVEISON
#LOVEISON
#LOVEISON
#LOVEISON
#LOVEISON
#LOVEISON
#LOVEISON
#LOVEISON
#LOVEISON
#LOVEISON
NEW YORK
I ♥ NY
THE EMPIRE STATE
CITIZEN

삼촌, 나 뉴욕 가요

조카가 전화했다, 뉴욕 간다고. 그래서 "현지야, 처음이니까 조심해라" 하면서 몇 가지 조언을 했다. 미모의 20대 여인이니, 걱정이 된다.

1. 지하철

뉴욕 지하철에서 한인이 죽임을 당하는 비극적인 사건이 있었다. 보호망이 없으므로 꼭 벽에 붙어 있어라(지하철이 올 때까지). 보호망 있는 도시는 서울, 상하이, 홍콩뿐이다. 그리고 절대 거리 사람들과 시비 붙지 말 것. 아무리 모욕적인 말을 해도, 피해라.

2. 웨스트사이드

맨해튼은 5가를 중심으로 서쪽과 동쪽으로 갈라진다. 동쪽은 비교적 부촌이고 안전하지만, 서쪽은 8가 이상으로 가면 주로 공장 지역 아니면 주차장이다. 저녁에는 걸어다니지 마라.

3. 한인 파티는 비교적 안전하다.

미국 젊은이들의 파티에 초청받으면, 80퍼센트 마약이 나온다. 주로 마리화나 아니면 코카인이다. 너는 경험이 없으니 무조건 "No"보다는 그냥 "I am allergic(나는 알레르기가 있어)" 하면서 피해야 한다. 네가 컨트롤 할 수 없는 상황에 도달할 수도 있고 혹시 너무 좋아서 중독될 수도 있다.

4. 의상

뉴요커들이 입고 다니는 옷을 잘 관찰하고 비슷하게 입어라. 괴상한 모자나 돈 허리띠를 차고 다니면 "나 관광객이야" 하고 선전하는 것과 같다. 그리고 돈은 윗주머니와 바지에, 그리고 신발 안에 비상금 100달러를 간직하라. 혹시 강도를 만났을 땐 무조건 빨리 돈을 건네주어라. 땅바닥에 던지면 쉽게 도망갈 수 있다. 총이 있는 나라라는 점을 잊지 마라.

"그리고 현지야, 일찍 자고 일찍 일어나서 뉴욕의 훌륭한 박물관, 콘서트, 브로드웨이, 쇼핑을 즐기렴."

"IF I CAN MAKE IT THERE,
I'll MAKE IT ANYWHERE."

뉴욕에서 성공하면 세계를 정복하는 것이다.

– 프랭크 시나트라가 부른 'New York New York' 노래 가사 중에서

◎

뉴욕 첫인상

외국인이 서울에 처음 방문할 때면 많이 놀란다. 성형외과가 왜 이렇게 많지? 배달이 안 되는 게 없어. 여성들의 초미니스커트, 그리고 편리한 대중교통. 그러면 한국 사람이 뉴욕에 처음 갔을 때 느끼는 첫 인상은?

1. JFK 공항 도착하자마자 내뱉게 되는 말은, "야 공기가 맑다"이다. 뉴욕은 생산 공장이 거의 없다. 주요 산업은 금융, 광고, 출판, 패션 산업이다.

2. 방값이 왜 이렇게 비싸? 8평짜리 맨해튼 아파트 월세가 3000달러?? 도대체 얼마나 벌어야 하나!

3. 금발의 백인들은 어디로? 뉴욕은 히스패닉, 아시안, 흑인들이 아주 많다. 눈을 비비고 봐야 백인이 보인다.

4. 지하철은 쓰레기통. 뉴욕 시가 예산 부족으로 1년에 한 번 청소 할까 말까. 신발이 땅바닥에 쩍쩍 달라붙는다.

5. 피자 맛 죽인다! 이게 소위 말하는 '뉴욕 스타일'. 배도 든든하다.

6. 도시 계획이 아주 잘됐다. 완전 바둑판이다. 주소 찾는 것이 누워서 떡 먹기다.

뉴욕 가요

식당을 운영하는 친구가 "형, 나, 마누라와 딸 데리고 뉴욕 가요! 4박 5일. 재미있는 데 소개해주세요!" 한다. 좋다! 짧은 시간에 꼭 경험해야 할 뉴욕의 장소!

1. 엠파이어 스테이트 빌딩은 안 보면 안 되니 아침 7시 30분에 가라. 안 그러면 한 시간 이상 줄을 선다. 새벽 2시까지 문을 여니, 새벽의 뉴욕, 빛의 광장을 보는 것도 운치 있다. 도시 설계가 잘 되어 있다.

2. 박물관은 130개가 넘는다. 다 보려면 1년 정도 걸린다. 나도 38년 동안 살면서 다 보지 못했다. MOMA 현대 미술관, 자연사 박물관, 구겐하임 미술관은 꼭 봐야 한다. 나는 특히 1900년대 재벌 J.P 모건 도서관을 좋아한다. 자기가 살던 집을 박물관으로 공개했는데, 분위기가 예술이다.

Money creates taste(돈은 취향을 높인다). 베토벤의 친필 악보가 압권이다. 천재는 악필이구먼!

3. 센트럴파크 어린이 동물원. 시내 한복판에 근사한 동물원이 있다. 약 100여 마리 종류의 동물들이 있다. 어린 아이가 있든 없든, 따뜻한 마음을 선사한다. 해가 지는 센트럴파크를 보면서 고독한 뉴욕의 커피를 즐겨라.

4. 배가 고프다면? 꼭 길모퉁이마다 있는 뉴욕 핫도그를 자우어크라우트 & 머스터드와 같이 맛보라! 2.50달러, 20가 8애비뉴에 있는 레이스 피자Ray's pizza, 빙하같이 내려오는 치즈와 페퍼로니, 이것이 뉴욕의 피자다. 차이나타운 합기Hop kee의 게 요리와 워터 크래스Water cress 수프, 모두 예술이다. 카드는 No, 달러만 주세요! (가수 양희은이 너무 맛있어서 기절했다.) 유엔 빌딩 앞에 있는 니폰 클럽Nippon club 사시미가 도쿄만큼 맛있다. 알래스카에서 신선한 생선이 매일 도착한다. 아버지 단골집으로 여기서 다나카 수상과 나카소네 수상이 식사하는 모습을 봤다. 1인당 120달러이지만, 일본 음식이 세계 최고급인 이유를 알 수 있다.

5. 타임 스퀘어 처치times square church. 바로 중심가에서 흑인 가스펠 찬양대의 합창을 경험할 수 있다. 일요일 아침 10시, 3시, 6시. 기도를 하며 자기 자신의 존재감을 느낄 수 있을 것이다. 흑인 합창단의 춤 동작

과 화음은 당신을 눈물 흘리게 할 것이다.

6. 콘서트 하나는 꼭 보라! 록과 재즈는 위대한 래디오 시티 뮤직 홀Radio city music hall에서. 1932년대 지은 세계적인 아르 데코Art Déco 명작. 어떻게 그렇게 아름다울 수가 있나? 클래식은 당연히 카네기 홀. 그리고 매달 신작이 올라가는 브로드웨이. 아마 10년 후에나 한국에 소개될 뮤지컬을 보게 될 것이다.

7. 쇼핑의 천국. 블루밍데일 백화점, 삭스 피프스 애비뉴, 메이시스 백화점—모두 세일 코너가 있고, 모두 진품이다. 옥사나가 특히 좋아하는 곳은 다운타운 무역 센터에 있는 센추리 21백화점이다. 명품 브랜드 상품을 50퍼센트 할인가로 구할 수 있다. 그리고 길거리마다 파는 뉴욕 티셔츠도 양호하다. 2개에 만 원!

8. 마지막으로 911추모 박물관(911메모리얼). 검은 대리석으로 존엄하게 새겨진 3000명 희생자들의 이름이 네모난 분수대를 감싸고 있다. 새로 지은 94층짜리 건물도 예술이다. 우리가 세월호 가족들을 위해 어떻게 해야 할 것인지 생각하게 해줄 것이다.

가장 중요한 것. 뉴욕은 걷는 도시다. 편안한 운동화를 신고 차이나타운에서 57가 티파니까지 걸어보라. 1초도 지루하지 않다. 인간 박물관이다! 참

LG
NYC

고로 시티 패스 카드를 사면 6개 명소를 25퍼센트 할인받아 갈 수 있다. 한 시간씩 줄을 서지 않아도 된다.

꼭 카네기 델리에서 파스트라미 샌드위치를 먹어라! 샌드위치 높이가 20 센티미터! 쇼킹하다!

그리고 여기 쥬위시jewish 피클 맛도 예술 & 공짜!

"NEW YORK, THIS IS WHERE IT'S HAPPENING."
- JOHN LENNON

세상에선, 뉴욕뿐이야!
– 존 레논

◎

GOING TO NEW YORK

뉴욕에 간다. 6년 만이다. 이상하게 이번 여행은 흥분되고 감개무량하다. 그리고 무섭기도 하다. 아니, 뉴욕에서 38년 동안이나 살았는데 왜 이럴까? 서울에서 너무 몰랑몰랑하게 살다 보니 도전 정신이 다 없어졌나? 아니면 양호가 아빠의 제2고향을 체험할 준비가 되어서일까?

고집불통의 어린 딸내미를 끌고, 헤이든 천문관에서 우주를 체험하고, 핑크 플로이드의 몽환적인 음악을 들으면서 진짜 피자를 맛보고, MOMA 박물관에서 잭슨 폴락과 반 고흐 작품을 바로 10센티미터 앞에서 보고, 쇼핑도 하고, 아빠 손을 잡고 거리를 활보하며 양호한 뉴욕 언니들의 '치마 구경'도 하고. 양호의 반응이 어떨지, 궁금해서 흥분이 된다.

최근 뉴욕에 다녀온 친구가 "너무 좋았어. 그런데 모든 물가가 서울의 두 배야!"라고 말했다.

아휴! 화폐 전쟁은 끝이 없구나. 서울도 만만치 않은데. 나의 마음 상태가 전과는 다른, 이상한 변화를 겪으면서 곡이 저절로 나왔다. 가사 내용은 이러하다.

GOING TO NEW YORK

뉴욕으로
나의 질투 많은 심정을 달래기 위해 나 뉴욕으로

너무 오래 됐다
타임스퀘어의 빛과 그림자
빅죠, 너 어디 좋은 것 좀 있어?
심지어 오줌 냄새 나는 지하철도 그립다.

상하이, 런던, 파리도 좋지
방콕의 밤은 봉사활동이 심했어
하지만 뉴욕은 완전 대박이야!

뉴욕으로
나의 환상을 채우기 위해 핫도그, 파스트라미, 센제네로,
로버트 드니로, 차이나타운, 파크애비뉴,
잠을 자지 않는 도시
오! 양호한 여인, 완전 슈퍼모델이네.
나에게 윙크나 던지지?
뉴욕으로

세계 최고의 도시

정말 오래간만에 맨해튼 거리를 밟는다. 감개무량하다. 빌딩마다 모퉁이마다 나의 청년기 때 추억이 새겨져 있다. 116가에서 32가까지 롤러스케이트를 타고 다녔던 열 살의 어린 소년은 겁도 없었다. 약 50킬로미터의 거리를 왕복하다니. 57가 코너에서는 마누라가 퇴근하기를 기다렸고, 저기 45가 모퉁이에선 네스린, 터키 여자와 첫 키스를 했지 않았는가? 뉴욕, 나의 어린 시절을 달구던 나의 도시.

오랜만에 다시 돌아오니, 길거리에 서 있는 것만으로 즐겁고 흥분된다. 2주 동안 여유롭게 쉬려고 했지만 생각보다 친구가 많다. 한국 동료, 또 절친한 미국 친구들까지, 너무 반가워 농담이 끊이질 않는다.

911추모 박물관에 제일 먼저 갔다. 역시 뉴욕이다. 어떻게 그 비극을 이런 예술 작품으로 만들 수 있는가? 감동, 감동, 또 감동이다. 눈물이 난다. 3000여 명의 희생자 때문이 아니라 박물관과 추모 분수가 너무나도 예술적이라서였다. 뉴요커들의 창의성에 감동했다.

헤이든 천문관은 또 어떤가! 360도 스크린에 전 우주가 담겼다. 우리 지구가 얼마나 작은지, 감탄이 저절로 나온다. 몸과 마음이 완전히 그곳에 푹 빠져버린다. 옥사나와 양호는 입을 다물지 못했다.

고층 건물 관광지로는 세 군데가 있다. 엠파이어 스테이트, 911타워, 그리고 탑 오브 더 락Top of the rock, 3군데 모두 다 좋지만, 나는 이번엔 탑 오브 더 락을 선택했다. 비록 77층밖에 안 되지만 센트럴파크 전경이 눈앞에 보이고, 엠파이어 스테이트와 911타워도 웅장하게 다 보인다.

일주일 휴가 사이에, 뉴욕의 수많은 박물관들과 관광 명소를 다 볼 수가 없다. 2015년만 하더라도(8월 기준) 뉴욕 관광객이 4400만 명이나 방문했단다. 우리나라 인구다. 그러니, 어디를 가나 한 시간씩 줄 서는 것은 기본이다.

나는 뉴욕 관광객에게 조언해주고 싶다. 제발 하루나 이틀 정도는 바쁘게 관광하지 말고, 그냥 아무 스케줄 없이 거리를 활보하며 여유롭게 산책하라. 뉴요커답게 건물 앞 계단 위에 앉아 사람 구경도 하고, 여러 푸드 트럭에서 점심도 먹고, 아이 쇼핑도 하라. 무엇보다도 뉴욕 공기를 느껴보라. 느긋하게.

6년 만에 방문한 뉴욕은 변한 것도 많다. 일단 물가가 2.5배 올랐다. 전 뉴욕 시장 블룸버그 왈, "맨해튼은 백만장자 아니면, 들어올 생각도 마슈." 앵글로 색슨 재벌과 유태인이 점령한 뉴욕 부동산은, 최근엔 중국, 아랍, 러시아 재벌들이 점령했다. 미인들은 더 많아졌고, 홈리스는 조금 줄어들었다. 물은 수도꼭지에서 바로 마실 수 있고, 공장이 없는 도시라, 공기도 쾌청하다. 무엇보다, 내가 가장 즐거웠던 것은 뉴요커의 태도와 언어다. 점원들도

미국 자연사 박물관.

친구같이 대화한다. "나도 이 카메라 쓰는데, 참 좋더라! 넌 어디서 왔니?" 하고, 또 예쁜 여자가 지나갈 때 "당신 멋져!" 하면 그녀도 답을 한다. "고마워" 때로는 "너도 멋져!".

뉴요커들은 거리낌 없고 솔직하다. 그리고 농담은 끝이 없다. 뉴요커들과 같이 있으면 속이 시원하다. 나의 고향, 나의 뉴욕, 과연 다시 돌아갈 수 있을까?

"YOU CAN TAKE NEW YORKER OUT OF NEW YORK,
BUT YOU CAN'T TAKE NEW YORK OUT OF NEW YORKER."
- WILLAM FAULKNER

뉴요커는 뉴욕을 떠날 수는 있어도,
뉴욕은 뉴요커를 떠나지 못한다.
– 윌리엄 포크너(작가)

그냥 내버려 둬

양호의 절친 연화의 아빠가 뉴욕에 다녀왔다.

"한 선생, 깜짝 놀랐어요! 어떻게 뉴욕 지하철이 그렇게 지저분해요? 아니, 홈리스는 왜 그리 많아요?" 한다.

맞다! 뉴욕에는 세계 재벌들이 가장 많이 모여 있지만, 뉴욕 시청에는 돈이 없다. 지하철 청소는커녕, 화장실은 더럽고 쥐가 뛰어다닌다. 그리고 80년이나 된 가장 낙후된 지하 시스템을 갖고 있다. 미드타운, 맨해튼 중심가에 홈리스 6만 명이 들끓는다. 길을 잃은 영혼들이 관광객들이 먹다 남은 음식물과 음료수를 먹기 위해 쓰레기통을 뒤진다.

시청에서 피난처는 마련하지만, 편안한 안식처는 주지 않는다. 그들의 좌우명은 "당신의 행동은 당신만이 책임진다"이다.

미국은 희한한 나라다. 대영제국에서 혁명으로 독립하면서부터 기본적인 정책이 "레세페르Laissez-faire(그냥 내버려 둬)"이다.

즉, "국민들의 상업 활동에 정부가 지나치게 간섭하지 마라"이다. 그래서 우리가 금기라고 생각하는 포르노 산업도 1위다. 심지어 편의점 코너에도 XXX 포르노 잡지와 DVD가 있다.

그리고 이젠 마리화나도 합법화되기 시작하여, 2020년까지는 미합중국

50개 주 가운데, 20개 주가 합법화될 것이라고 한다. 현재는 5개 주에서 합법화됐다. 재미있는 것은 오바마가 앉아 있는 수도 워싱턴 D.C가 그중 하나라는 것이다. 이것이 '레세페르'다.

어차피 섹스와 마약은 인간의 향락이며 결론적으로 추구할 것이니 지하에서 숨어서 하지 말고 합법적으로 수준 높은 상품화된 물품을 즐겨라, 그 말이다. 그리고 자신의 행동에 책임지는 사람은 스티브 잡스나 빌 게이츠가 되고, 그렇지 않은 사람은 홈리스가 되는 것이다.

"Home of the brave, land of the free."

(용감한 자의 집! 자유의 땅.)

이것이 미국의 모토다. 단, 세금만 내라!

FOX NEWS
SONY
YAHOO!
for mobile
RICOH
NEW YORK POLICE DEPT
Exclusively on YAHOO!
Katie Couric
Hard Rock

◎

부자

5년 사이에 억만 장자, 그러니까 10억 달러(약 1조 2000억 원) 부자가 두 배나 늘어났다. 동시에 지금 유럽에는 자기 아이 분유도 못 먹일 정도로 가난한 인구들, 약 42만 명의 피난민들이 시리아, 아프가니스탄, 나이지리아, 소말리아 등의 극빈 국가에서 몰려오고 있다. 100만 명도 넘을 것이라고 한다.

세계는 지금 심한 빈부격차를 경험하고 있다. 이것이 글로벌 캐피탈리즘 Global capitalism의 결말이다. 부자는 더욱 부자가 되고, 가난한 자는 더욱 가난해진다. 나도 이번에 뉴욕에 갔을 때 느꼈다. 맨해튼은 부자들의 놀이터라는 것을. 돈 없으면 들어오지 말라는 것을.

뉴욕으로 출근하는 다리와 터널의 톨게이트 가격이 15달러(약1만 8000원)나 된다. 그러면 점심값과 30분에 8.45달러(약 1만 원) 하는 주차장 값을 포함하면, 도대체 얼마가 든단 말인가?

간단하게 말해서 외부 사람들이 맨해튼으로 출근만 하는 데 드는 돈이 기본 40달러이다. 약 5만 원 돈. 그렇다고 맨해튼에 거주하려고 해도 나의 신촌 고시원 같은 아파트의 월세가 3000달러(약 360만 원)이다. 장난이 아니다.

하지만 뉴욕은 지금 세계 최고 재벌 회사의 세계 본부의 보금자리다. 소니, 애플, 구글, IBM, 워너, 도요타, 그리고 마이크로소프트도 58가 5애비뉴에 거대한 본부를 건설하고 있다. 이 회사 직원들의 초봉이 1억 5000만 원이다. 3~4년 동안 근무하면 3억 원 연봉이다. 그러니 30~40대 억만 장자가 계속 늘어나고 있고, 이런 청년 재벌들은 월세 5000달러를 충분히 부담할 수 있다. 나의 40년차 사진작가 친구 리치는 할아버지 때부터 뉴욕에 정착한 트루 뉴요커다. 그는 불평한다.

"아니, 우리 본토박이는 어디로 가라는 말인가? 뉴욕이 뉴요커를 쫓아내고 있어!"

또 40년차 친구 존 레이놀즈는 증조할아버지 때부터 아일랜드에서 이민 온 친구다.

"대수야, 내 집을 샀어도 도대체 뉴욕 재산세가 너무 비싸. 매달 2000달러나 내야 돼. 정말 화가 난다."

지금은 돈이 우리 인간과 생활의 모든 잣대가 되고 있다. 자본주의의 원칙이 무엇인가? 어떻게 하면 가장 적은 돈으로 가장 많은 이익을 낼 수 있을까가 아닌가? 즉, 노동 착취다. 그리하여 빈부격차는 더욱 심해질 것이고,

주차 30분당 8.45달러.

전쟁도 자기 권력과 이익을 위해 지속되고 있다.

큰곰의 답은 무엇이냐? 평화. 하루 빨리 시리아, 아프가니스탄, 이라크 등의 내전을 끝내야 한다. 그러면 유럽 난민 사태가 해결된다. 우리 한반도 남북 냉전도 마찬가지다. UN을 비롯한 전 세계 리더들이 뜻을 모아야 한다. 그리고 인류의 부자들은 가난한 자에게 베풀어야 한다. 최소한의 생활을 할 수 있도록. 그러지 않으면 더 끔찍한 비극이 우리 인류를 찾아올 것이다. 1789년 프랑스 혁명도 잊어서는 안 된다. 그리고 빵이 없어서 레닌과 군중들이 일으킨 1917년 러시아 공산주의 혁명도 잊어서는 안 된다. 역사가 반복되면 안 된다.

None of your business!
(너나 잘해, 참견하지 마!)

요즘 미국을 보면 참 한심스럽다. 우리도 문제 덩어리이지만, 미국은 더욱 폭력적·무차별적으로 시민들이 희생당한다. 수시로 일어나는 총기 사건. 또 최근엔 십대 학생이 버스에서 집단 폭행을 당하는데, 모든 승객들이 쳐다만 봤다고 한다. 한 사람도 도움을 주지 않았다.

미국인들 고유의 생각. "None of your business." 미국 사람들은 남의 일에 참견하지 말라는 철저한 개인주의 철학을 갖고 있다. 좋은 일이든, 나쁜 일이든 "남은 남이고 너는 너다"라는 뜻이다. 우리처럼, "몇 살이에요?", "이 아파트 평수는?", "결혼했어요?" 하고 묻다가는 큰코다친다. 단, 데이트할 땐 "Are you straight or gay?(당신 이성애자요, 동성애자요?)" 이렇게 묻는 건 허용된다.

"미국은 망한다!"라고 믿는 사람도 자꾸 늘어난다. 하지만 미국은 전 세계 축소판이므로, 미국이 망하면, 전 세계가 화평하게 살 수 있는 희망이 절망으로 변한다. 337개의 언어와 종교, 전 세계 인종으로 구성된 미합중국은, 240여 년 동안 큰 인종 폭력 없이 비교적 안정적으로 발전해왔다.

내가 보기에 미국은 망하지는 않는다. 하지만 리더십이 바뀔 것이다. 현재는 오바마 흑인 대통령이지만 곧 여성 대통령, 히스패닉 대통령 그리고 50년 후엔 동양계 대통령도 가능하다. 혹시 한국인? 호호! 그리고 미국 산업은 항상 100년을 내다본다. 키 포인트!

1. 영어는 국제 언어가 되었다. 특히 인터넷 용어.
2. 컴퓨터 소프트웨어 프로그래머의 국적이 미국이다. 우린 모두 프로그램의 이용자일 뿐이다. 발명자가 아니다.
3. 자동차 산업은 허약해졌지만 항공 산업은 세계 1위. 대적할 나라가 없다.
4. 전 세계 브랜드의 생산 공장이 미국으로 몰려간다. 현대 자동차도 현재 울산 공장에서 노조와의 심한 갈등으로, 미국에서 대성공한 앨라바마공장을 더욱 확산시킬 예정이다.
5. 나사NASA뿐 아니라, 민간 우주 산업이 활발히 움직인다. 제프 베조스 아마존닷컴 회장의 '블루 오리진' 그리고 앨런 머스크의 스페이스 X의 성공적인 개발로 2020년까지는 민간인도, 우주로 신혼여행을 갈 수 있다고 한다. 앞으로 100년을 내다보는 거다.
6. 그리고 슬픈 현실!!! 최첨단 무기의 수출국이다. 말하자면 스텔스stealth 전투기 한 대는 우리 TV와 핸드폰 1억 개를 팔아도 못 산다.

그러므로, 미국은 앞으로 100년 동안은 망하기 힘들다. 단, 윤리적moral 붕괴가 문제다.

LOVE

◎

나 미국 시민이야! 이거 왜 이래?

미국대사관에서 줄을 서고 있을 때였다. 갑자기 30대 교포 청년이 백인 직원과 면담을 하다 고함을 지른다.

"나 미국 시민이야! 'Sit down(앉아 있어)'이 뭐야! 내가 세금 낸 돈으로 당신 먹고사는 거야. 로마에 왔으면 로마인같이 행동해야지. 왜 그리 불친절하냐고? 당장 매니저 데리고 와. 아니 영사를 불러!"

10초 만에 미국 해병대 보초 두 명이 나타났다. 경기관총을 옆에 차고, 청년을 복도로 끌고 간다.

이것을 목격하고 나는 슬펐다. 둘 다 이해하기 때문이다. 여직원은 오후에 3시간만 일하는데, 줄은 길고 일이 많았다. 그래서 친절하게 "Please wait(조금만 기다려 주십시오)"이라는 말을 할 여유가 없었을 것이다. 청년의 입장은, 내가 미국에서도 동양인이라고 무시당하는데, 한국에 와서도 젊은 백인한테 무시당한다는 느낌을 받으니, 모욕감을 느꼈을 것이다.

하기야, 남의 나라의 중심, 광화문에 커다란 땅을 차지하고, 타국민들은 출입도 못하게 자리 잡고 있으니, 미국 대사관 직원들은 우월감에 빠져 있을 수밖에 없다.

이것 역시 유일하게 분단된 나라의 비극이다. 북한은 대 중국의 등에 업혀 있고, 남한은 미국의 최첨단 무기의 우산 아래 보호를 받고 있고.

이 작은 사건이 큰곰을 생각하게 했다.

"힘이 곧 진리다."

"KINDNESS IS THE HIGHTEST DEGREE
OF INTELLECT."

친절은 지성의 가장 높은 단계이다.

"SEX IS
SO VERY
STRANGE."
(섹스는 정말 이상하다.)

ART EMBELLISHES

PART 04

예술은 고통을 치유한다

L I F E

BILL GRAHAM'S
6 7 NEIL YOUNG AND CRAZY HORSE
MILES DAVIS
13 15 MAYALL 19 21 MOODY BLUES
27 28 COCKER BRIAN AUGER

©Wikipedia

필모어 이스트

1968년 초, 필모어 이스트는 당시 미국 최고의 록 공연장이었다. 금요일만 되면, 공연이 3차례나 치러졌다. 그것도 세계적인 밴드의 공연이 말이다. 도어스, 제니스 조플린, 그리고 지미 헨드릭스. 이들은 젊은이들에게 꿈같은 밤을 선사했다.

다행히 나는 이스트빌리지에 살면서 뉴욕 사진학교를 다녔기에, 자주 공연을 볼 수 있었다. 필모어는 우리집에서 3블럭, 약 400미터밖에 안 됐다. 문지기를 잘 알아서 3달러인 입장료를 1달러만 내고 들어갔다. 때로는 공짜. "그냥 들어가. 후지야."(내 별명이 후지였다. 동양인의 가장 쉬운 이름이므로.)

약 3000명이 들어갈 수 있는 이 공연장은, 입장만 하면 약에 취하게 된다. 공기가 마리화나 냄새로 가득 찼기 때문이다. 공연은 끝내줬다. 제니스 조플린이 얼굴을 찡그리고 열창을 하고 나면, 지미 헨드릭스가 기타를 WHA-WHA로 애드립하며 우리의 뇌를 공격했다. 그리고 다음엔 에릭 클랩튼, 잭 브루스, 진저 베이커로 이루어진 3인조 하드 록, 크림CREAM이 등장하여 블루스 한 곡을 30분 동안 연주했다. 관중들은 흥분의 도가니에 빠졌다. 어떤 여인들은 참다 못해, 자기 웃통을 벗어버렸다. 그러면서 "야, 지미, 이것이 네 선물이야!" 하면서 무대에서 연주하는 지미 헨드릭스에게 자기 알몸을 보여줬다. 그야말로 히피의 삼위일체, "Sex, Drugs & Rock&Roll"이 그 시대의 구호가 되었다.

공연은 매번 환상적이었지만, 내게 가장 인상 깊은 그룹은 찰스 로이드 재즈 밴드이다. 연주 직전에, 당시 스무 살이었던 피아니스트 키스 자렛이 혼자 등장해서, 피아노 앞에 앉는 것이 아니라 그랜드 피아노 뒤로 가서 뚜껑을 열고 피아노 줄을 하프같이 연주했다. 세상에! 어떻게 피아노에서 저런 소리가 날 수 있나? 천둥 치는 압도적인 사운드가 청중을 사로잡았다. 그것도 20분 동안. 그리고 등장하는 아름다운 찰스 로이드의 색소폰과 밴드의 하모니. 우리 젊은이들을 자기 손아귀에 완전히 집어넣었다. 50년이 지난 지금도 기억이 생생하다. 또 하나 기억나는 밴드는 영국 듀오 인크레더블 스트링 밴드이다. 히피였던 그들은 인도, 아프가니스탄, 모로코 등지를 여행하면서 음악적 경험을 쌓았다. 그리고 현지에서 배운 색다른 악기들을 자기들의 음악에 인용했다. 말하자면, 첫 번째 '월드 뮤직'인 셈이다. 그들의 공연은, 말 그대로 사이키델릭psychedelic이었다. 인간의 영혼을 어루만지는 색다른 소리로 관중들을 우주로 이끌어갔다. 마리화나가 필요 없었다. 물소리, 새소리, 천둥소리, 그리고 온갖 나라의 특수 악기들. 음의 새로운 창문을 열었다.

1971년 필모어는 문을 닫게 된다. 이유는 록 산업이 더욱 대기업화되어서이다. 우드스톡과 같이 40만 명이나 참석하는 대산업이 되어버렸다. 그리고 빌 그레함Bill Graham과 같은 전설적인 예술감독은 롤링스톤즈, 래드 제플린 등 대가들의 세계 정복을 지휘하며 로큰롤 산업을 자동차 산업보다 더 큰 산업으로 발전시켰다. 하지만 그는 1991년 전용 헬리콥터를 타고 가다 추락사고로 죽었다.

나는 1960년대, 뉴욕에서 잊을 수 없는 많은 것을 경험했다. 필모어 이스트뿐만 아니라, 카페 오 고고Café au go go, 바텀 라인Bottom Line, 비터 엔드Bitter End, 그리고 래디오 시티 뮤직 홀에서 100개 이상의 최고 수준의 록 공연을 보았다. 참, 큰일 날 뻔했다. 어떻게 CBGB 록 클럽을 잊겠는가? 펑크의 대가, 이기 팝, 토킹 헤드, 데드 보이즈, 헬렌 휠즈, 제임스 챈스, 플라스매틱스, 블론디, 텔레비전, 리처드 헬—나는 CBGB 록 클럽에서 얼마나 열정적인 콘서트를 보았는가? 이 모든 것이 내 음악의 자양분이 되었다. 슬프게도, 대부분 음악가는 일찍 요절했고, 래디오 시티 뮤직 홀을 제외한 모든 공연장은 사라졌다. 뉴욕의 천문학적인 월세를 내지 못했기 때문이다.

CBGB 록 클럽의 전설적인 사장 힐리 크리스털Hilly Kristal,
2007년 폐암으로 75세의 나이에 세상을 떠났다.

Jefferson Airplane
Grateful Dead
5th Aug.
Light Show by Headlights
O'Keefe Centre
Martha and the Vandellas
and the Paupers
at the Fillmore
Last NY Appearance 'til Peace
Mothers of Invention
James Cotton Blues Band
Joshua
April 19-20 Light Show 8-11:30
Fillmore East
2nd Ave & 6th St.
N.Y.C.
Bill Graham Presents in San Francisco
Muddy Waters
Buffalo Springfield
Richie Havens
Fillmore
Big Brother & The Holding Company
Featuring
Janis Joplin
With Albert King * Also Tim Buckley
March 8 - 1968
London
Royal
Bill Graham Presents in New York
Who
Buddy Guy
Free Spirits
Joshua
Light Show
April 5-6
8 & 11:30
Fillmore East
2nd Ave at 6 St.
Bill Graham Presents in San Francisco
Cream
Big Black
Bill Graham Presents in New York
Last NY Appearance 'til Peace
Mothers of Invention
James Cotton Blues Band
Joshua
April 19-20 Light Show 8-11:30
Fillmore East
2nd Ave & 6th St.
N.Y.C.

BAND
sat february 14 1970
AND THE
BAND of
GYPSIES
WITH
VOICES
31 DECEMBER 31
NINETEEN HUNDRED AND SIXTY-NINE
FILLMORE EAST
BILL GRAHAM PRESENTS IN SAN FRANCISCO
NOVEMBER
4 5 6
ADMISSION: $2.50
FILLMORE
BILL GRAHAM PRESENTS IN NEW YORK
FILLMORE
EAST
2ND AVE.
AT 6TH ST.

콜롬비아의 보테로 박물관, 2007년.

보테로와 모딜리아니

아주 감동적인 두 개의 전시회를 보았다. 보테로전과 모딜리아니전. 다행히, 같은 장소였기 때문에, 마지막 날 둘 다 볼 수 있었다.

나는 10년 전 콜롬비아 수도 산타페데보고타에 있는 보테로 박물관에서 보테로의 전체 작품을 감상한 적 있다. 그의 작품은 색감이 온화하고, 붓놀림brushstroke이 새털같이 부드러워 보는 사람의 마음을 따뜻하게 녹였다. 그리고 주제는 주로 가족의 일상생활. 무엇보다도 '보테로이즘'이라고 부르는 뚱뚱한 인물들. 그의 작품들은 미술계에 큰 획을 그었다.

페르난도 보테로는 콜롬비아 메데인에서 태어나 당나귀로 짐을 나르는 상인 아버지와 삯바느질하는 어머니 사이에서 태어났다. 아버지는 그가 네 살 때 세상을 떠났다. 겨우 생계를 유지할 정도로 가난했다. 삼촌의 권유로, 처음엔 투우사가 되려고 투우 학교에 입학했다. 하지만 그림 그리기를 너무 좋아해 지방 그림 그리기 대회에 나가 우승했고, 이것이 계기가 되어 보테로는 화가의 길을 걷게 되었다.

그후, 그는 스페인, 이탈리아, 프랑스의 도시에서 공부도 하고 전시도 하면서, 힘들지만 자기의 경력을 쌓기 시작했다.

놀라운 것은 1960년대 때, 뉴욕에서 10년 동안 고생하면서 화가 활동을 했다는 점이다. 아니, 내가 그때 뉴욕에 있었는데! 틀림없이 지하철 아니면 화랑에서 그를 보았을 것이다. 그런데 그땐 누가 누군지 내가 어떻게 알았겠는가? 재미있는 것은, 1960년대 앤디 워홀은 항상 길거리에서 부딪쳤다는 점이다. 샛노랑 가방과 선글라스를 끼고 다니므로, 100미터 거리에서도 앤디는 눈에 띄었다. 그는 정말 쇼핑을 좋아했다. 그는 쇼퍼홀릭shopaholic이었다. 지난주는 블루밍데이즈에서, 이번 주는 삭스, 다음 주는 샤리바리. 항상 쇼핑백 두세 개를 들고 있었다. 앤디 이야기는 그만하고, 본론으로 들어가자.

보테로는 그의 작품 속 인물이 뚱뚱한 이유를 정확하게 설명하지 않고, 그냥 "나는 뚱뚱한 사람을 그리지 않는다"라고 말한다. 보테로는 과장된 인물을 그리므로, 자기만의 '스타일'을 발견한 것이다. 나는 개인적으로, 뚱뚱한 사람들은 전 세계적으로 핍박을 받으니까, 그들을 사랑스런 인간으로 표현한 것이 아닐까 싶다. 그리고 남미로 여행한 사람은 알겠지만, 라티노들은 비교적 뚱뚱하다. 이유는, 그들이 요리할 때 라드lard라는 돼지 기름을 베이스로 하기 때문이다.

지금 보테로는 세 번째 결혼을 해서, 파리와 피에트라산타라는 이탈리아 마을에서 계속 작품 활동을 하고 있다. 비극은 예술가의 비료다. 그도 1979년에 스페인에서 큰 자동차 사고로 팔을 크게 다쳤고, 사랑하는 아들 페드로를 잃었다. 위에 계신 분은 예술가들에게 완전한 행복을 주지 않는 것 같다.

아쉽게도, 이번 서울 전시회에는 보테로 조각이 하나도 없었다. 보 선생은, 조각 대가이기도 하다. 그림 이상으로 사랑스럽고 아름다운 조각을 만들었다. 파리 샹제리제와 뉴욕 파크애비뉴에 웅장하게, 뚱뚱하게 서 있다. 비와 눈과 뉴요커와 파리지앵의 사랑을 받으면서.

아메데오 모딜리아니는 또 다른 작가이며, 눈물 나게 비극적인 삶을 살다 간 화가다. 그것도 너무 짧게. 서른다섯 살의 나이에 세상을 떠났다. 그는 1884년에 이탈리아에서 태어난 유태인으로, 파리에서 활동했다. 화가의 소굴인 몽파르나스에서 살면서, 당시 무명의 피카소, 르노아르, 드 키리코와 같은 화가들과 친분을 맺었고, 세계 정복의 꿈을 같이 꾸었다.

모딜리아니 MODIGLIANI
몽파르나스의 전설 Legend of Montparnasse
"내가 당신의 영혼을 알 때
당신의 눈동자를 그릴 것이다"
6.26-10.4 2015
예술의전당 한가람미술관 3F

하지만 평생 병약하게 살다가, 결국 1920년 결핵으로 인한 뇌수막염으로 35세에 세상을 떠난다. 처음이자 마지막인 개인전을 개최했지만, 그의 누드는 외설적이라는 이유로 정부로부터 철거당했다. 한평생 그림 한 점도 팔지 못한 실패한 작가로 생을 마감했다. 하지만 지금 그의 작품은 자그마치 1억 7000만 달러(한화로 약 2000억 원)이다.

비극은 두 번 겹친다 하지 않던가? 더욱 슬픈 것은 자기의 애인, 열아홉 살의 잔 에뷔테른은 모딜리아니를 너무 사랑한 나머지 통곡을 하다 자기 어머니 집 5층에서 투신 자살을 했다. 당시 에뷔테른은 뱃속에 모딜리아니의 아이를 갖고 있었으며, 임신 6개월째였다.

죽음에서 두 연인은 함께 하고 있다. 같이 묻힌, 파리 페르 라 쉐즈 묘지의 모딜리아니 묘비명은 "STRUCK DOWN BY DEATH AT THE MOMENT OF GLORY(영광의 순간에 죽음으로 꺾어진 화가)"이고, 여인 에뷔테른의 묘비명은 "DEVOTED COMPANION TO THE EXTREME SACRIFICE(극심한 희생으로, 화가를 헌신적으로 사랑한 여인)"이다.

"당신의 영혼을 알게 될 때, 당신의 눈동자를 그릴 것이다"라고 말한 화가의 공허한 인생과 같이, 그의 작품 속 인물들은 눈동자가 없는 텅 빈 눈으로 아득한 내면의 깊이를 담아낸다.

나는 그의 작품을 보며 감동하는 내 모습이 부끄럽다. 왜 아무도 그를 도와주지 못했을까? 남의 비극을 즐기는 우리 인간의 성품. 작가는 굶고, 재벌은 소유한다. 헛되도다, 헛되도다, 모든 것이 헛되도다!

영화 <사도>

처음으로 의미 있는 한국 영화를 보았다. 이준익 감독의 영화 〈사도〉는 조선시대의 어처구니없는 비극을 훌륭한 작품으로 승화시켰다. 개인적으로, 처음으로 '좋다'고 생각한 한국 영화다. 우리 영화도 이젠 많이 발전했다. 바로 이거다! 나는 영화 〈사도〉가 그려낸 비극이 현대의 세계적인 비극과 통하는 점이 있다고 본다. 한국 영화는 우리의 미묘한 역사를 바탕으로 세계인을 감동시킬 수 있는 스토리 라인을 잡아야 한다. 중국도 아니고, 일본도 아닌, 우리만의 독특한 역사와 색채.

일본 영화는 이미, 1970년대부터 아키라 구로자와라는 전설적인 감독이 일본의 역사를 바탕으로 만든 사무라이 시리즈로 각광을 받았고, 1990년도 땐 대작 〈가게무샤〉와 〈란〉으로 아카데미상을 비롯한 전 세계 영화상을 휩쓸었다.

장예모 감독은 〈홍등Raise the Red Lantern〉으로 뉴욕에서 각광을 받으면서, 지금은 아시아 최고의 감독으로 군림하고 있다. 두 감독 모두, 일본과 중국의 특유한 역사를 인용해서 작품화시킨 위대한 감독들이다.

이번 〈사도〉를 보면서 생각나는 영화가 하나 있다. 바로 〈마지막 황제The Last Emperor〉라는 영화다. 이탈리아 감독 베르나르도 베르톨루치의 이 작품은 중국 마지막 황제 푸이의 비극을 다룬 대작이다. 영상은 놀라웠다. 이 영화는 처음으로 자금성 내부에서 촬영해 전 세계인의 눈을 황홀하게 했다. 나도 1987년 뉴욕에서 상영했을 때 보았다. 그리고 울었다. 영화는 완벽했고, 너무나도 아름다웠고, 너무나도 슬펐다. 아닌 게 아니라, 이 영화는 전 세계 영화상을 다 휩쓸었다.

〈사도〉와 〈마지막 황제〉의 큰 차이점은, 〈마지막 황제〉는 영어로 제작되어 세계인들의 가슴을 자막 없이 바로 파고들었다는 점이다. 이 부분은 우리 감독들이 깊이 고민해야 할 부분이다. 영어는 이제 영미 언어가 아닌, 세계 언어가 되었다. 당신의 e-메일 주소를 한 번 보라.

ⓒWikipedia

덧붙이자면, 영조가 자신의 아들 사도 세자를 뒤주에 갇히게 해 죽인, 아버지와 아들의 비극은, 극심한 유교 사상의 뿌리 때문에 빚어진 것이라고 본다. 아들에 대한 아버지의 기대. 아버지는 아들을 마치 소유물인 것처럼 생각한다. 그리고 아버지의 숨 막히는 시선에서 헤어날 수 없는 아들의 운명. 관념의 문을 열지 못하는 두 부자간의 관계를 보면, 답답하도다, 답답하도다. 이것은 역사적인 실화이지만, 지금 현재 우리 사회의 가족 관계와 정치적인 구조를 반영하고 있다.

이러한 비극은, 러시아에서도 있었다. 바로 1581년에 차르였던 이반Ivan the terrible에 의해서다. 이반 황제는 강력한 지도자로서, 대 러시아 제국을 건설하는 데 큰 역할을 했다. 카잔과 시베리아라는 어마어마한 대륙을 점령함으로써, 현재 러시아를 세계에서 가장 큰 대국으로 만들었다. 그리고, 세계 건축물의 '으뜸'이라 할 수 있는, 바실 성당Saint Basil's Cathedral을 건설했다. 이 성당은 너무나도 아름답다. 1991년 모스크바에 처음으로 방문했을 때 나는 바실 성당을 보고 눈물을 흘렸다. 어떻게 인간이 이렇게 아름다운 건축물을 만들 수 있을까, 하며. 두 번째 흘린 눈물은 2009년 인도의 타즈마할Taj Mahal 궁전이었다. 숨이 막힐 정도로 아름다웠다.

이반이 강력한 지도자로서 제국을 건설한 반면, 자기 신하와 아들에게는 혹독한 면이 있었다. 즉 영조와 같은 이중적인 심리를 보인다. 어느 날, 이반은 임신한 자기 며느리의 옷차림이 좀 야하다고 느껴, 며느리를 구타하기 시작한다. 이것을 보던 자기의 둘째 아들, 이반이 자신에게 항의하자, 아들의 머리를 흉기로 찔러 살해한다. 이것을 목격하던 며느리도 너무 충격을 받아

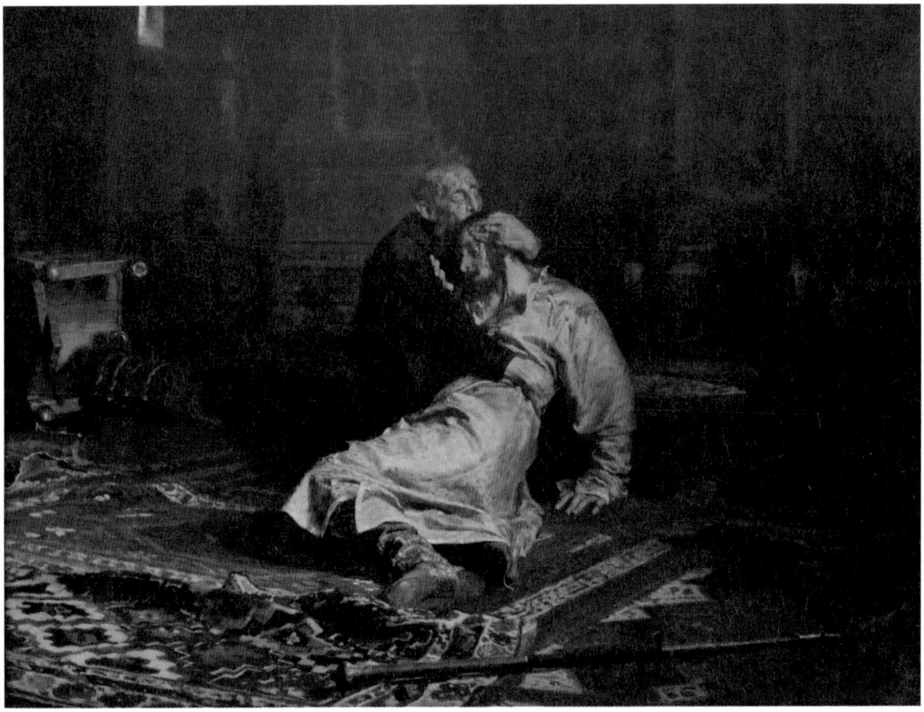

일리아 레핀의 작품 '이반 황제와 그의 아들'.

뱃속의 아이가 유산된다. 한순간에 이반 황제는 자기의 후계자인 아들과 손자를 동시에 잃게 된 것이다. 돌이킬 수 없는 비극이다. 이 장면을 묘사한 화가 일리야 레핀Ilya Repin의 작품은 트레티아코프 박물관에 걸려 있다.

◀ 바실 성당 앞의 고독한 아코디언 연주자.

◎

배리 깁

야! 오랜만이다. 배리 깁Barry Gibb, 유일하게 생존하는 비지스Bee Gees. 비지스는 비틀즈, 아바와 더불어 세계적으로 가장 사랑받는 밴드다. 하지만 동생들은 모두 세상을 떠났다. 앤디는 1988년 서른 살에 마약과 알코올로, 모리스는 2003년 쉰세 살에, 그리고 로빈은 2012년 예순두 살에 세상을 떠났다.

피어스 모건Piers Morgan TV 쇼에 나온 배리를 보니 많이 늙었다. 숱을 잃은 백발에다, 이상한 야구모자. 나보다 두 살 많은데, 진짜 할배다. 나 자신을 거울에 비쳐본다. "대수 니도 별 볼일 없다." 인생은 신기루로다!

인터뷰에 소개된 재미있는 내용!

피어스 모건 : 당신이 가장 행복했던 시간은?

배리 깁 : 사실 세계적으로 유명해지기 전, 오스트레일리아에서 공연 다닐 때 돈은 별로 못 벌었지만 형제들끼리 즐거웠다. 정말 기쁘게 음악을 했다. 세계적인 스타가 되고 나서 우린 긴장되기 시작했다.

피어스 모건 : 유명해진다는 것, 싫으냐?

배리 깁 : 유명세는 괴물이다. 항상 컨트롤해야 한다. 안 그러면, 물어뜯긴다.

피어스 모건 : 비지스의 하모니가 최고다. 가장 큰 매력은?

배리 깁 : 사실 작곡이다. 비틀즈를 들으면서 어떻게 하면 가장 아름다운 곡을 만들까, 노력해왔다.

피어스 모건 : 록 스타로서 44년 동안 결혼 생활을 유지했다. 믿어지지 않는다.

배리 깁 : 린다와 나는 항상 사랑에 빠져 있다. 벗어난 적이 없다.

피어스 모건 : 당신이 가장 좋아하는 비지스 곡?

배리 깁 : How can you mend a broken heart(마음의 상처를 치유해야 한다). 나도 지금 그렇다.

피어스 모건 : 아니, 어떻게 형제도 없이 투어를 할 건지?

배리 깁 : 이번 미국 투어 'MYTHOLOGY'는 우리 아들과 모리스의 딸과 같이 한다. 사운드가 아주 양호하다.

인터뷰는 즐거웠다. 배리 씨! 한국도 오세요!!

© Wikipedia

인생의 빵 한 조각

인사동에서 사진전이 열렸다. 내 인생의 두 번째 사진전이다.

정식 교육을 받지 않은 음악에 열중하다 보니, 정식 교육을 받은 사진은 고아가 돼버렸다. 뿐만 아니라, 2000년에 개최한 나의 첫 사진전은 비효율적이었다. 음악 앨범 제작비와 똑같이 드는 전시회였지만 2주 동안 8000명 정도밖에 안 왔고 4점 팔린 수익으로 겨우, 플러스 마이너스 땡!

앨범은 일단 100만 명은 듣고, 또 라디오 플레이가 활발하면 1000만 명도 듣는다. 그런 와중에 많은 사람에게 감동을 줄 수가 있다. 하지만, 나이도 먹어가고 좋은 취지로 동료 예술가들이 하자 하니, 다시 한 번 사진 전시를 시도해보았다.

사진의 역사도 길다. 120년. 그리고 많은 작가들이 '사진 예술'을 추구하기 위해 미술을 모방하고 있다. 나의 의견은 다르다. 사진은 순간이다. 지지고burn-In 볶고solarization 찐빵을composite 만들든 말든, 사진은 현실을 가장 정확하게 표현한다. 1948년 영도다리, 2014년 인사동 사진 한 장으로 역사를 말한다. 여느 미술과 조각과 문학이 할 수 없는 역할이다.

다이 트랜스퍼dye-transfer로 시작해, C-프린트, 시바크롬cibachrome을 거쳐 현재 디지털 사진까지 왔지만 나에게 사진은 우리 인간 사회를 표현하는 정직한 사진 한 컷. 이스탄불의 어린 소녀의 눈물, 모래내 시장 할머니 손의 주름, 이것이 내가 추구하는 사진이다. Slice of life, 인생의 빵 한 조각.

빅토르 위고가 흘린 두 번의 눈물

영화 〈레미제라블〉은 인상적이었다. 나를 포함한 많은 사람들이 두 번씩이나 보았다. 교훈은 '인간은 얼마나 잔인한 동물인가' 그리고 계급 투쟁Class Struggle과 계급 사회의 모순.

작가 빅토르 위고는 정치성이 강한 작가로 많은 음모와 핍박 속에서 소용돌이 같은 인생을 살았다. 하지만『노틀담의 곱추』등 수많은 대작을 남긴 프랑스 최고 작가다.

그가 가장 사랑하는 맏딸 레오폴딘Leopoldine은 19세에 시집을 가서 신혼여행 중, 센 강에 빠져 죽었다. 당시 여자들은 땅에 닿는 치마를 입었고 코르셋과 철사 망을 착용했기 때문에 옷이 매우 무거웠다. 배가 뒤집혀 물에 빠지자, 몸무게가 두 배 이상 된 것이다. 새신랑도 구조하려다 같이 빠져 죽었다.

위고는 너무나 슬퍼서 "눈물도 모자란다. 이게 무슨 일인가, 우리 딸이 내 곁에 없다니?!" 3년 동안 아무 일도 안하고, 고뇌에 빠져 있었다.

그리고 막내딸 아델Adele은 영국 장교와 결혼하려 했으나, 위고는 끝까지 반대했다. "도박쟁이는 끝까지 도박쟁이다. 그리고 빚이 너무 많아!" 하지만 아델은 끝없이 이 남자를 따라갔다. 캐나다에서 바베이도스 섬까지 따라가 부대 근처에서 하숙했다.

남자는 그녀에게 "제발 나를 잊어줘. 난 이제 약혼했어. 빨리 파리로 돌아가!" 그래도 아델은 듣지 않았고, 오히려 약혼녀 부모를 협박했다. "나는 핀슨 장교의 정식 부인이고 아이까지 임신했다"라고.

결국 아델은 정신병이 깊어졌다. 바베이도스 섬 거리를 거지같이 방황하는 것을 아버지 위고가 파리로 데려와 정신병원에 넣었다. 아델은 45년의 병동 생활 동안 피아노만 매일같이 치면서 핀슨 대위만 생각했고, 85세에 숨을 거둔다. 그리고 죽기 전에 한마디, "핀슨, I love you."

이것이 빅토르 위고가 흘린 두 번째 눈물의 비극적인 사연이다. 너무나 극적이어서, 1975년 프랑스 명감독 프랑수아 트뤼포François Truffaut가 〈아델 H의 이야기Story of Adele H〉를 만들어 전 세계 영화상을 휩쓸었다. 29세에 이 영화를 본 나도 많이 울었다. 그 무렵 전 뉴요커들이 아델의 우수에 젖어 있었다.

잊을 수 없는 비극이여!
어떤 면으로 아름답기도 하다.
사랑! 당신은 정신병이야!

폴과 도쿄

폴 매카트니가 서울 콘서트(2014. 5. 28)를 취소했다. 표가 이미 매진된 상태였는데, 도쿄에 도착하자마자 심각한 바이러스 감염으로 입원까지 하는 바람에 취소할 수밖에 없었다고 한다.

폴과 도쿄는 인연이 없다. No chemistry! 1980년 자기 밴드 'WINGS TOUR' 때도 마리화나를 소지했다는 혐의로 감옥에 9일 동안이나 갇혀 있었다. 생각해보라. 천하의 비틀즈를 4미터×8미터 감옥에 가두다니? 부인 린다도 6일 후에나 방문할 수 있었다.

석방되고 추방당한 후 폴은 "나는 다시 이놈의 나라 안 올 거야!" 하고 떠났다. 존 레논이 이 뉴스를 듣고, "바보 같은 놈, 왜 니가 마리화나를 들고 다녀. 니 꼬봉도 많은데. 너는 비틀즈야!" 하며 한숨을 쉬었다. 이번에도 도쿄와 궁합이 안 맞았다. 뿐만 아니라, 비틀즈를 해체시켰다는, 일본 여자 '요코 오노'와의 관계도 마찰이 많았다.

하지만 폴은 록 스타 중에서 가장 행복한 인생을 누렸다. 커트 코베인Kurt Cobain, 제니스 조플린Janis Joplin, 휘트니 휴스턴Whitney Houston, 마이클 잭슨Michael Jackson과 같이 20대에서 40대에 마약 중독으로 죽는 것이 예사인 록의 왕국에서, 폴은 큰 비극 없이 최고의 부귀와 영화를 누리는 록 스타다. 그리고 2014년 기준으로 세계 최고 음악 재벌 2위(무려 8억 달러). 오직 'CATS', '오페라의 유령', '에비타'의 작곡가 앤드류 로이드 웨버Andrew Lloyd Weber만이 12억 달러로 폴 위에 있다.

폴, 사랑해, 빨리 일어서!

©Wikipedia

음악의 길

퇴근하고 우리 건물로 들어가는데, 어느 30대 여성이 나를 기다리고 있다. 혹시 스토커?!! "한 선생님, 저는 길 건너 ○○중학교 음악교사인데요. 우리 학생들을 위해 강의 한 번 해주실 수 있을런지요?" 알고 보니, 그 중학교의 밴드가 전국 밴드대회에서 준우승을 했단다. 큰곰은 대학교 강의는 몇 번 했지만 중학교는 처음이다. 나는 응했다. "OK, 합시다!"

30명이 모인 교실엔, 눈이 반짝이는 록 스타 워너비Rock Star Wannabe가 나의 말에 몰입했다.

1. 당신이 과연 재능이 있는지, 냉정하게 판단하라. 아이유보다 좋은 점? 김도균보다 기타를 잘 치는지? 당신만의 유니크한 재능Unique Talent은 무엇인지?

2. 록 스타가 되고 싶은 목적은? 돈과 명예? 좋다! 하지만 무엇보다 자기의 음악과 자기의 철학을 세상에 알릴 가치가 있다고 느껴야 한다.

©조상호

3. 음악은 바로 평가받지 못할 수도 있다. 바흐J. S. Bach도 100년 후에 세계에 알려졌고, 커트 코베인Kurt Cobain, 그리고 고故 김광석도 지금이 최고 인기다. 좋은 음악은 시간이 걸린다. 좌절하지 마라.

4. 음악은 민주주의가 아니다. 왕족주의다. 록 스타 한두 명 빼고는 생활고에 시달린다. 그러므로, 먹고살 수 있는 기술을 연마하라. 요리사, 자동차 정비, 미용사 등등. 로드 스튜어트Rod Stewart는 무덤 파는 노동자, 스팅Sting은 고등학교 교사, 큰곰도 요리사, 사진사로 일했다.

마지막으로, 한 마디.

"여러분, 음악은 당신의 친구입니다. 꼭 록 스타가 안 되더라도, 기업체 CEO가 되든, 가정주부가 되든, 항상 음악을 즐기십시오. 음악이 당신 인생에서 길을 열어줄 것입니다. 감사합니다."

"MUSIC TALKS TO GOD."
음악은 신과의 대화다.

루이 암스트롱 박물관에서. 2015년.

사츠모, 루이 암스트롱

내가 30년 동안 가고 싶었지만 가지 못한 곳이 바로 루이 암스트롱 박물관이다. 그가 살던 집이 박물관이 되었다. 이번에는 꼭 가야지, 다짐을 하고 두 여인이 잠자고 있는 사이 새벽에 출발했다.

맨해튼에서 30분 떨어진 퀸스 코로나에 있는 그의 집은, 지하철역에서 30분간 도보로 걸어가면 만날 수 있다. 여름에 땀이 뻘뻘 났지만 "이 정도는 병아리 눈물이야. 내 영웅의 영혼을 만나러 가는데" 하며 걷다 보니, 드디어 도착했다.

놀랍게도 아주 평범한 벽돌 2층집이었다. "오 마이 갓!" 이 집에서 그 많은 명곡들이 탄생했구나. 사츠모의 트럼펫 소리가 들리는 것 같았다. 가이드는 친절하게 40분 동안 사츠모의 거실, 침실, 작업실, 부엌, 심지어 화장실까지 소개해주었다.

새로 알게 된 몇 가지 사실.

1. Rice & Beans, 콩과 밥을 그렇게 좋아했다.

2. 변비가 심해 스위스 크리스Swiss Kriss라는 약을 항상 복용했다. 심지어

기념품으로 팔았다.

3. 고아로 태어나 온갖 막노동, 즉 신문 배달, 석탄 운송, 구두닦이 등 생존하기 위해 안 한 일이 없었다.
4. 최초로 백인의 벽을 뚫고 대중의 사랑을 받은 흑인 가수다.
5. 결혼은 네 번 했지만, 아이가 없었다. 하지만 동네 아이들과 항상 놀았다. 아이들을 너무 사랑했다.
6. 동양화를 그렇게 좋아했다. 집안에 중국 만화도 있고 일본 인형도 있었다. 집 뒤에 있는 멋진 정원은 완전 일본 스타일.

7. 왜 사츠모Sachmo냐? 입술이 사첼Sachel 배낭같이 길게 늘어졌다고 해서 밴드 멤버가 지어준 별명이다.

8. 마리화나와 음담패설을 그렇게 즐겼다고 한다.

불가능한 악조건 속에서 태어난 암스트롱은 혼자서 고독한 길을 걸으며 세계적인 스타가 되었다. 가수 토니 베넷Tony Bennet이 말했다. “미국이 전 세계에 바친 단 하나의 선물이 있다고 하면 그것은 바로 사츠모, 루이 암스트롱이다.”

◎

스팅

스팅은 특이한 음악가다. 믹 재거와 더불어, 가장 성공적으로 자기의 인기와 가정을 이끄는 록 스타다. 브로드웨이의 제작자가 되어 'The last ship'이라는 뮤지컬을 홍보하기 위해 인터뷰한 것을 보았다. 그중에 새롭게 알게 된 재미있고 놀라운 몇 가지 사실.

1. 1986년~1987년에 부모가 암으로 돌아가셨다. 그런데 장례식에 참석도 안 했다. "기자들이 너무 시끄러워서."

2. 록의 10대 재벌. 1억 8000만 파운드(한화로 3119억 원). "우리 아이들에겐 유산을 남기지 않는다. 자기들이 밑바닥에서 일어서는 인생의 고통과 즐거움을 경험할 수 있는 기회를 줘야 한다." 스팅에게는 여섯 명의 자녀가 있다.

3. 60세를 훌쩍 넘는 나이에 너무 건강하다. 이유는 "매일 한 시간씩 요가를 하고 유기농 음식만 먹는다."

4. 그는 애그나스틱Agnostic, 불가지론자이다. 하나님은 믿지만 조직화된 종교는 믿지 않는다.

또, 미국에서 20년 동안 최고 인기를 끌고 있는 아메리칸 아이돌 프로그램에 대해서 부정적이었다. "1등이 되면 갑자기 수천만 명의 인기를 얻지만, 과정이 없다. 목소리 하나로만 평가하는 것은 큰 오산이다. 음악가는 자기 인생을 노래한다. 나는 지금 이 자리에 있지만, 굶어도 보았고, 학교 선생도 했고, 막노동도 했고 아이들도 어렵게 키웠다. 이것들이 나의 음악에 반영됐다. 이런 시기가 있었기 때문에 현재 스타덤을 고맙게 생각하고 고개를 숙일 줄 안다. 이러한 콘테스트를 통해 1등이 되어도 아티스트로 성장하긴 어렵다. 그리고 탈락한, 훌륭한 가능성을 가진 가수들은 꿈을 잃어버린다. 나는 이런 인스턴트 가수들을 뽑는 프로그램이 없었으면 좋겠다."

나도 동의한다. 가수는 라면이 아니다.

©Wikipedia

◎

록 스타와 하이에나

나의 데뷔 40주년 트리뷰트 앨범 〈Rebirth〉의 반응이 양호하다. 많은 사람들이 쏟은 노력과 희생의 결과다. 하지만 몇 사람의 탐욕 때문에 결론적인 계약서는 불양호하다. 즉, 아티스트인 큰곰은 화폐 냄새를 맡기도 힘들다. 또 다시 우리 사회의 '밀어붙이기 작전'에 밀린 것이다.

고등교육을 받은 문화적인 리더들도 '페어 플레이'라는 말을 모른다. 사실 우리 사전엔 이런 말도 없다. 정치인들의 행동이 바로 '우리'라는 것을 느낀다.

음악가는 순진하다. 맑은 마음으로 인생과 자연을 접하지 못하면 음이 나올 수가 없기 때문이다. 하지만 이런 음악가의 순진성을 이용하여 화폐를 챙기려는 하이에나는 항상 주위를 두리번거리며 으르렁거린다.

우리는 항상 성공적인 록 스타를 보고 부러워한다. 세계 재벌인 믹 재거도 스무 살 땐 히트한 곡의 로열티를 매니저가 대부분 챙겼기에 30대에 접어들면서 매니저를 해고시킨 다음 70세가 넘는 나이에도 자기가 직접 자기 밴드 롤링스톤즈를 경영한다.

포크의 대가, 레너드 코헨은 자기가 모아둔 은퇴 비용 500만 달러를 매니저에게 횡령당해 고생했다. 아이러니컬한 것은 잃어버린 돈을 보충하기 위해 은퇴한 80세의 몸으로 세계 투어를 했는데 이를 통해 돈은 잃어버린 액수의 4배가 되는 2000만 달러를 벌어들였다. 팬들에게는 죽기 전에 사랑과 기쁨을 선사한 셈이다. 큰곰은 세계 투어가 가능한 영미계 록 스타가 부럽다. (그런데, 한국은 한 번 안 오시는지. 코헨 씨~ 팬들이 너무 많아요!)

우리 음악계의 대가, 김민기 씨, 조용필 씨도 자기 초기의 히트곡들의 판권을 회수하기 위해, 기나긴 법정 투쟁을 겪으며 막대한 화폐를 썼고, 다행히 회복했다.

음악은 비즈니스다. 하지만 음악을 잘하면 비즈니스를 못하고, 비즈니스를 잘하면 음악을 못한다는 것이 우리 아티스트의 약점이다.

마누라에게 미안해서 "여보, 옥사나, 당신 모스코바 여행 보내주려고 했는데 미안해" 하니,

옥 선생 왈! "당신이 이용당하는 것은, 당신이 이용 가치가 있다는 거야. 그것도 양호해!"

아! 대륙의 여자다.

©조상호

공연이 끝나고

공연이 끝났다. 힘들었지만 많은 사람들이 만족해했고, 특히 동료 음악가들이 좋은 무대를 양호하게 즐겼다. 그리고 양호한 화폐도 생기고!

끝나고 사인회를 하라고 한다. 그래서 나는 "무슨 사인회! 아무도 안 온다!" 하고 거절하니, 기획실장은 "안 돼요! 해야 돼요!" 하며 설득했다.

아이고, 공연 하나 하는 데 대장도 참 많다. 기획실장, 홍보팀장, 무대감독, 조명감독, 음향감독, 음악감독 등등. 그래도 사인회에 놀랍게도 사람들이 긴 줄을 섰다. 하나하나 다 감동이었다. 대전에서 기타를 들고 온 청년부터 부산에서 KTX를 타고 온 대학생까지. 가장 감동적인 팬은 캐나다 밴쿠버에서 온 분. 공연을 보러 왔는데 표가 매진되어 발을 동동 굴리고 있었다. 그래서 내가 양호 표를 주니, 너무 고마워하며 눈물을 흘렸다.

이틀 동안 고생고생했지만, 많은 고통받는 사람들이 음악으로 위로를 받았다. 무엇보다 TV에서 자주 볼 수 없었던 실력자 뮤지션들이 빛을 발했다.

김도균의 문자메시지가 기억난다. "너무 아름다운 공연이었습니다. 한대수 Rocks." 옥사나도 이렇게 많은 사람들이 공연을 준비하는 것을 보고 깜짝 놀랐다. "당신 음악 때문에 100명이 고생하잖아!" 목소리를 잃기 전에 큰 공연을 치를 수 있다는 것도 축복이었다.

©조상호

"화가는 캔버스에 그림을 그리고,
음악가는 침묵에 그림을 그린다."
– 레오폴드 스토코프스키

유명세

많은 사람들이 돈을 많이 벌고 유명해지기를 원한다. 하지만 실제로 유명해졌을 때 준비가 안 된 사람이 많다. 특히 록계는 더욱 그렇다.

10년 동안 홍대 클럽에서 라면으로 끼니를 때우고 고생고생하다, 자기가 술에 취해 작곡한 한 곡이 히트를 친다. 완전 대박이다! 하루 만에 유명해진다. 하지만 유명하면 유명해질수록 자기 행동에 제한을 느낀다. 매일같이 다니던 슈퍼도 들락날락하기 힘들다. 버스나 지하철 타기도 부담스럽다. 그리고 팬들이 사인을 해달라며 존경의 표시를 하지만, 피할 수밖에 없다. 자기 자신이 만든 감옥소에 들어갈 수밖에 없다.

가장 대표적인 예가 마이클 잭슨이다. 자기만의 호화 감옥소 네버랜드에서 은둔 생활을 한평생 했다. 밖으로 나가야 할 땐, 가발과 수염, 그리고 보디가드와 동행해야 했다. 유명해질수록 자유는 더욱 없어진다.

그리고 요즈음은 워낙 스마트폰이 똑똑해서, 은밀하게 동영상, 녹음이 가능하다. 이병헌 사건을 보라. 나는 정치 이야기, 철학적 사상 토론을 즐기는 편이지만, 항상 처음 만난 사람들의 핸드폰을 주의한다. 즉, 일종의 편집증이다.

돈 많이 벌고 유명해지고 싶다? 그러면 많은 것을 희생할 준비를 하라.

유명함은 아침의 안개로다. 잠시 있다가 사라진다. 한평생 이어진다는 것은 그만큼 많은 노력과 주의가 필요하다.

"TALENT IS GOD GIVEN, BE HUMBLE.
FAME IS MAN-GIVEN, BE GRATEFUL.
CONCEIT IS SELF-GIVEN, BE CAREFUL."
- JOHN WOODEN

탤런트는 하나님이 주셨다. 겸손하라.
유명은 사람이 주었다. 고맙게 생각하라.
자만은 자기가 자신에게 주었다. 조심하라.
– 존 우든(미국 농구선수)

NOWHERE MAN

가수 신해철이 죽었다.

그의 라디오 프로그램 '고스트 스테이션'에 3번 출연해 함께 많이 웃었던 기억이 난다. 그가 처음 차린 기획사 사무실에서 아끼던 발렌타인 위스키를 꺼내 함께 실컷 취했던 기억도 생생하다. 더구나 양호 같은 딸이 있다니, 더욱 가슴 아프다.

소설가 이외수 씨도 암이라고 한다. 언젠가 한 번 그로부터 전화를 받은 기억이 난다. "우리 마누라하고 나하고 당신 팬이야. 언제 공연해?" 이번 작은 공연에 오기로 했는데….

많은 음악가와 작가들은 장수를 못하는 것 같다.

내가 가장 좋아하는 시인 존 키츠도 25세에 폐결핵으로 죽었다. 그가 마지막 살았던 로마 집을 방문했다. 그리고 그가 마지막까지 누워 있던 침대 옆에 1시간 동안 앉아 있었다. 몸이 울퉁불퉁해지고 늙어가는 내 모습도 아이러니컬하게 여겨진다.

얼마나 이 지구를 걸었지? 얼마나 오래 양호의 웃음소리를 들을지? "Everything is temporary(모든 것은 일시적이다)." 지금 이 순간 존 레논 형님의 'Nowhere man(아무 곳에도 없는 당신)'이 떠오른다. 음악은 영원한 것 같다.

P.S. 이 글을 쓰는 사이, KBS 악단장이었고 나와 첫 앨범 〈멀고 먼 길〉에서 협연했던 정성조 씨도 사망했다. 또 내가 가장 좋아하는 록밴드 크림CREAM의 잭 브루스Jack Bruce도 세상을 떠났다.
이젠 결혼식보다 장례식에 더 많이 가는 나이가 되었다.

© photo cindy

폴 매카트니의 아내, 린다 매카트니

린다 매카트니

린다 매카트니 사진전을 보러 산책에 나섰다.

린다는 폴 매카트니 부인으로 1998년 56세에 유방암으로 사망했다. 폴의 인생의 반려자로서 록 스타의 허무를 채워주었던 린다는 부유한 집안에서 태어나, 사진작가로 활약했다.

하지만 1960~1970년대 대가들의 사진예술에 비하면 그녀의 사진들은 너무나도 부족했다. 우리 동료 작가들도 "저게 무슨 사진이야?" 하고 비꼬았다. 가끔씩 전시회를 할 때마다 사진 전문가와 비평가들은 그녀의 작품을 무시했다. "폴의 마누라니까!" 하면서.

하지만 이번에 관람한 린다의 사진은 많은 사람들을 감동시켰다. 그녀의 솔직한 컷들이 오히려 인간적이고 아름다웠다. 특히 록 스타의 20대 청춘 모습은 무척 핸섬하고 놀라웠다. 비틀즈의 20대, 닐 영의 매서운 눈매, 지미 핸드릭스의 천진한 웃음. 짐 모리슨, 브라이언 존스, 모두 27세의 꽃다운 나이에 죽었다. 마약으로. 그녀는 비틀즈의 부인이란 특권으로 이러한 록 스타를 가깝게 찍을 수 있었다.

제니스 조플린이 술병을 들고 웃는 사진을 보고 함께 갔던 PD가 "참 못생겼네요"라고 말했다. 나는 "그럼, 학교에서 왕따를 당했으니 록 스타가 되었지" 하며 우린 껄껄 웃었다.

전시장을 나오면서 나의 20대를 생각했다. 혼돈과 혼란의 시기였다. 그리고 고독했다. 또 한 가지 느낀 것은, 대가가 되려면 대가와의 연결고리가 있어야 한다는 점이었다. 그리고 요절하는 것도 도움이 된다. 만약 그 누군

가 고故김정호, 김광석,김현식, 배호 사진을 찍었다면…. 완전 대박이 될 거다!

린다는 한평생 채식주의자였다. 그녀의 말. “만약 도살장의 벽이 유리로 돼 있었다면, 당신들도 채식주의자가 될 것이다.”

◎

믹 재거 수수께끼

록 스타들은 일찍 죽는다. 대략 평균적으로 다른 직업인보다 15년 짧게 산다고 한다. 20대에 요절하는 스타도 많고, 60세를 넘긴다는 것은 기적에 가깝다. 이상하게 대 스타가 되고 나서 더욱 사고가 난다. 이혼, 약물 중독, 자살 충동 등등.

그런데, 믹 재거Mick Jagger는 수수께끼다. 만 72세의 나이에 건강할뿐더러 자기 밴드 롤링스톤즈를 그대로 유지하면서, 록 재벌로 군림하고 있다.

그에 대해 공부를 해봤다.

재거는 행복한 가정에서 사랑을 듬뿍 받으며 자랐다. 아버지는 체육교사로서, 재거가 경제학자가 되기를 원했다. 그래서 유럽 최고의 경영학교, 런던 정치경제대학교London school of economics and political science에 입학했다. 물론 2년 다니다 중퇴했지만 상당한 교육을 받았다. 4명의 여자 사이에서 7명의 아이를 가졌고, 폴 매카트니, 엘튼 존 다음으로 록 갑부다.

3억 달러(한국 돈으로 약 3600억 원)의 재산을 지녔으며, 매니저는 오래전에 해고시켰다. 자기가 직접 롤링스톤즈 이사회를 맡으며 월드 투어를 매년 감독한다. 한 번 투어를 하면 5억 6000만 달러(한화로 약 6800억 원)의 수익을 올린다. 대기업체다.

한 번 그의 인터뷰를 봤는데 나는 깜짝 놀랐다. 자기는 술, 담배, 마약을 일체 하지 않는다고. 저녁 10시 취침, 새벽 6시 기상, 그리고 운동은 하루에 6시간씩! 야, 퇴폐주의로 알려진 롤링스톤즈가 이렇게 건전하다니, 쇼킹했다.

그리고 스캔들은 무조건 돈으로 빨리 처리해버린다. 3년 전, 18세의 브라질 슈퍼모델이 재거의 아이를 임신했다며 법적 조치를 취한다고 보도되었다. 그런데 갑자기 아무 소식 없이 조용해졌다. 알고 보니 그 모델에게 200만 달러를 주고 '침묵'을 산 것이다.

믹 재거, 보통 놈이 아니다. 누가 록 스타는 모두 퇴폐적인 마약 중독자라 했는가?

믹, 당신은 대단한 슈퍼 스타다!

© Wikipedia

©Wikipedia

데이비드 보위가 1973년 발표한 앨범 〈Aladdin Sane〉 자켓.

데이비드 보위

데이비드 보위가 2016년 1월 10일 죽었다. 전 세계 음악계에 애도와 추모의 물결이 일었다. 특히 그의 모국인 영국에서 보위는 록의 거장이자 패션계와 문화계의 리더였다. 그는 40년 넘게 활동하는 동안 항상 도전적인 사운드와 실험을 선보였고, 아방가르드Avant Garde의 아이콘이었다.

하지만 우리나라에서는 보위가 누군지 잘 모른다. 당연하다. 일본만 하더라도 10번 이상 공연했고, 디자이너 간사이 야마모토Kansai Yamamoto는 보위의 무대의상을 디자인했다. 그리고 류이치 사카모토Ryuichi Sakamoto와는 영화에 같이 출연할 만큼 보위는 일본과 관계가 깊었다. 그는 자신이 저패너파일Japanophile, 모든 일본문화와 일본 것에 중독된 사람이라고 할 정도였다.

그럼 왜 우리는 그의 음악과 인간 보위를 모르는가? 그 이유는 다음과 같다. 첫째, 보위의 한국 공연이 한 번도 없었다. 팬 베이스가 없으므로 장사가 안 된다. 둘째, 그의 음악은 우리가 좋아하는 비틀즈나 비지스, 그리고 스팅과 같지 않다. 보위 음악은 추상적이다. 멜로디 중심이 아니고 텍스처texture, 즉 음의 질 중심이다. 그의 음악은 하나의 판타지를 그려낸다.

그의 〈지기 스타더스트Ziggy Stardust〉 앨범은 자신을 우주에서 온 화성인으로 가장해 음악적인 콘셉트를 이끌었다. 그것도 1972년. 그는 너무 앞서갔다. 1973년에 나온 〈알라딘 세인Aladdin Sane〉 앨범에선 웃통을 벗고 번개 메이크업을 했다. 남자가 풀 메이크업을 한 첫 케이스다. 그리고 "나는 게이"라고 충격적인 발언을 내뱉는다(이 말은 기자들의 관심을 끌기 위해 한 거짓말일 수도 있다).

보위가 등장하기 전까지 '록 스타'라고 하면 사람들은 찢어진 블루진에 부츠, 가죽 재킷을 연상했다. 하지만 데이비드 보위는 이런 이미지를 완전히 바꿔놓았다. 간사이Kansai나 고티에Gaultier와 같은 전위적인 패션, 아니면 쿨하게 아르마니Armani나 발렌티노Valentino 양복을 입고 무대에 등장했다. 록 스타의 와일드하고 거친 이미지를 완전히 전환시킨 것이다. 보위의 영향이 너무 컸기 때문에 퀸의 프래디 머큐리가 그를 모방할 정도였고, 보위의 제자들이 줄줄이 이어졌다.

나는 다행히도 보위를 뉴욕 매디슨 스퀘어 가든에서 두 번이나 보았다. 간사이의 하얀 통바지를 입고 해군 장교 모자를 쓴 채 자신의 히트곡 '히어로스Heroes'를 부를 때, 2만 명의 관중들이 열광하며 춤을 췄다. 나는 그날 공연장이 무너지는 줄 알고 마누라를 밖으로 밀어냈다. 나도 그날 처음으로 느꼈다. '로큰롤의 힘이 이렇게 대단하구나.'

데이비드 보위의 음악을 이해하려면, 그의 노래가 가진 음의 질을 감상해야 한다. 그는 기본적인 록 사운드에 전자음 효과를 많이 적용한다. 그리고 고토Koto나 발랄라이카Balalaika 같은 민속악기도 가끔 사용한다. 무엇보다도 보위의 목소리가 일품이다. 바리톤Baritone에서 팔세토Falsetto까지 자유롭게 오가는 고독과 반항의 울부짖음!

데이비드 보위, 당신은 모던록의 아버지, 그리고 멋쟁이. 사랑과 평화의 나라에서 영원히 쉬기를….

1992년 이만Iman이라는 슈퍼모델과 결혼한 보위에게는 열여섯 살짜리 딸이 있다. 보위가 흑인 모델과 결혼했을 때 전 세계가 놀랐다. 나도 '야, 진짜 전위적이다'라고 느꼈다. 백인 여자가 흑인 남자와 결혼하는 케이스는 종종 있다. 하지만 백인 남자가 흑인 여자와 결혼하는 케이스는 매우 드물기에, 데이비드 보위는 또 다른 관념의 창문을 열었다. 보위는 항상 흑인 여자에 대해서 성적인 매력을 느꼈다. 본인의 흑인 코러스 걸 아바 체리Ava Cherry와도 오랫동안 연애했다.

"I YEARN FOR OBLIVION AND ANNIHILATION."

(내가 동경하는 것은
망각과 소멸.)

W 41 ST
WAY

YOU'RE NOT MAD.

PART 05

당신은 미치지 않았어, 약간 괴짜일 뿐이야

JUST A BIT STRANGE

◎

로큰롤 주례사

젊은 로커가 나를 찾아왔다.

"선생님, 제가 결혼하는데, 꼭 주례를 맡아주세요."
"난 타율이 안 좋은데…. 4명 주례에 2명 이혼. 물론 모두 로커이지만."
"그럼 타율을 올려야죠."

아름다운 4월 남산 야외에서 식을 올렸다. 남산은 아름다웠다. 만발한 꽃과 하품하는 나무. 센트럴파크가 따로 있나? 바로 여기 남산에 있다! 주례사는 항상 7분 이하!

– 어제 일을 되새기지 마라. (Every day is a new day). 우리는 염소가 아니다.
– 사랑하라. 하지만 가장 친한 친구가 되라.
– 한 팀이 되어 서로의 뿌리와 날개가 되라.

식이 끝나자 많은 젊은 음악인들이 "저희도 주례해주세요!" 한다. 그래서 "이러다가 로큰롤 주례사가 되겠다?" 하고 웃었다.

자연 속에서 치러진 결혼식은 아름다웠다. 15년 후, 양호 결혼식이 상상되었다. 어떤 남자일까? 세상은 얼마나 변했을까? 과연 결혼은 할까? 나는 살아 있을까?

"KEEP YOUR EYES WIDE OPEN BEFORE MARRIAGE,
HALF SHUT AFTERWARDS."
- BENJAMIN FRANKLIN

결혼하기 전에는 눈을 크게 뜨고,
결혼한 후에는 눈을 반쯤 감으라.
– 벤저민 프랭클린

지나친 선택

"커피 주세요."

"어떤 걸 드릴까요? 라떼? 아메리카노? 에스프레소? 카푸치노? 프라푸치노? 아이스커피?"

아이고 피곤하다. 선택의 종류가 너무 많다.

"그냥 다방커피 한 잔 주세요."

절친한 친구와 프라이팬을 사러 간다.

"이거 양호한데??" 하니까,

"아니야. 마누라한테 전화해야 돼. 여보, 무슨 색깔? 빨강? 노랑? 초록? 그리고 A 브랜드, B 브랜드?"

그리고 비행기를 탄다.

"어떤 좌석? 뒤에서 세 번째? 윈도우? 중간? 복도쪽? 아니면 맨 앞에 비상구 옆 중간, 윈도우, 복도쪽?"

오, 주여!

우리는 지금 선택의 여지가 지나치게 많은 시대에 살고 있다. 이 또한 스트레스에 보탬이 된다. 요즘 젊은이들의 결혼도 지나친 선택이 오히려 좌절의 원인이 되는 것은 아닌지? 너무 미인도 안 되고, 좋은 학교도 나와야 되고, 돈은 잘 벌어야 되고 배려와 매너가 있어야 되고 등등등.

한국 여인이 생각하는 이상적인 결혼 상대자는,

키 : 174센티미터

나이 : 35세

학력 : 대학 4년

연봉 : 4500만 원

하하, 이런 조건을 가진 남자 인구는 몇 퍼센트나 될까?

우리 엄마 때는, 한두 가지 조건이었다.

우리 할머니 왈, "대수 너거 엄마는 골반이 튼튼하고 얼굴이 하애서 결혼 시켰다."

물론 피아노도 치고 화폐가 많은 집안이었다는 점도 선택에 큰 도움이 되었을 것이다.

우리 때는 그냥 사랑에 빠져서 일단 결혼을 하고 나서 모든 문제점들을 도전 정신으로 헤쳐나갔다. 지금은 선택이 너무 많으니까 결정하기가 힘들어진다. 이것도 좋은데 저것도 좋고, 저것도 좋은데 이것도 좋고.

가장 골치 아픈 것은 미국 음식점에서 스테이크를 시킬 때다.

웨이트리스가 "rare, medium rare, medium, medium well, or well-done?"

이걸 모르고 그냥 "yes" 할 경우엔 피가 절절 흐르는 생고기가 나올 수도 있고, 바싹 탄 고기가 나올 수도 있다(참고로, 그냥 'medium'을 시키면 우리 입맛에 딱 맞다).

글을 쓰는 이 순간, 나는 점심을 뭘 먹을까 고민한다.

짬뽕, 짜장면, 해장국, 설렁탕, 돈가스, 불고기, 냉면, 고등어조림, 추어탕….

아이고 모르겠다. 그냥 라면이나 먹자. 그런데, S라면? N라면? 컵라면? 짜장라면? 짬뽕라면?

아이구 두야!!

파리, 1995년.

( ) 괄호는 삼가!

큰곰이 신곡을 발표했다고 기자들이 난리다. 나도 기자 생활을 했기 때문에, 기자들에게 말한다. 내 최신 음악을 듣고 책 한 권을 읽고 오라고.

우리나라 기자들에게는 양호하지 않은 습관이 있다. 이름 뒤에 꼭 괄호로 나이를 넣고 수식어를 넣는다. (69. 싱어송라이터, 최초 히피) 등등. 우리만의 이상한 습관이다. 한 인물을 간단하게 박스box에 집어넣는 것이다.

스티브 잡스Steve Jobs가 말했다.

"Think outside the box(box 바깥에서 생각하라)."

그리고 정치인을 묘사할 때, '좌파', '우파'로 나누는 것은 매우 위험하다. 우리 인간은 태어날 때부터 이중적이며 여러 가지 색깔을 가지고 있다. 미국을 증오하면서 아들은 미국 유학 생활을 하고 있고, 공산주의를 혐오하면서 북한 동족들을 동정하는 사람도 많다.

좌익Left wing과 우익Right wing은 1789년 프랑스 혁명 때 생긴 명칭이다. '좌'는 공화국을 지지하고 사회 평등을 주장했다. '우'는 왕족주의를 주장하고 'Law of nature(자연의 법칙)'에 의해 엘리트가 무식한 민중을 다스려야 사회가 발전한다고 믿었다. 그리고 실질적으로 왼쪽과 오른쪽에 앉았다. 이런 식이라면 북한은 좌가 아닌 우?

이처럼 좌익과 우익이라는 말이 생긴 때는, 1848년 카를 마르크스Karl Marx의 『공산당 선언*Communist Manifesto*』이 출간되기 훨씬 이전이다. 그리고 1775년 미국 혁명, 1789년 프랑스 혁명, 1917년 러시아 혁명을 공부하면, 극좌가 극우가 되고 극우가 극좌가 되고…. 인생의 춤은 끝이 없다.

전설적인 뉴스 앵커 피터 제닝스Peter Jennigs가 말했다.

"한 사람을 유심히 관찰하면 왼쪽도 아니고, 오른쪽도 아니다."

큰곰 제언

기자들이여, 공부를 좀 더 열심히 하시고 ( ) 괄호를 삼가주세요. 더 이상 우리 작은 나라를 쪼개는 역할을 하지 맙시다. 가수 한대수로 충분합니다.

아줌마

결혼 21주년, 옥사나는 말한다.

"My love, 우리 서울에 9년 살았어!"

"뭐? 그렇게 오래 됐냐? 우리 그럼 뉴요커 아니고 서울라이트seoulite네?"

세월은 화살같이 지나갔다. 옥사나 왈,

"그런데, 한국은 세 가지 성별이 있어. 첫째 남자, 둘째 여자, 셋째 아줌마." 옥사나가 관찰한 아줌마의 특징.

- 아줌마는 파마를 좋아해! 그것도 스트롱 파마. 그래야 1년 내내 머리에 신경 안 쓰고 폼 잡는다. 바쁘니까.
- 아줌마는 패셔니스타. 외출할 때는 등산용 검정 바지에 빨강 아니면 보라색 줄무늬가 있는 등산용 셔츠. 거기에다 피자 한 판 크기의 선바이저sun visor는 필수. 눈과 입만 보이는 마스크까지 하면 외출 패션 끝.
- 아줌마는 용감하다. 지하철 출근길에 자리 하나만 보이면, 인파를 두 손으로 제치고 우사인 볼트Usain Bolt 수준으로 달려간다. 만약, 약간 늦을 것 같으면 핸드백을 먼저 빈 자리에 던진다.

– 아줌마는 영어를 잘한다. You husband?(결혼했어?) You go?(너 어디가?) 왜 그리 내가 어디로 가는 것이 큰 관심사일까? You 러시아? 1분 안에 나의 개인사를 다 알아낸다. 16년 동안 영어 공부한 대학생보다 낫다.

– 아줌마는 레이스 카 드라이버다. 택시를 타고 가는데 아줌마 드라이버가 온다. 기사는 기겁을 하며 옆으로 비켜준다. 옆도 안 보고 뒤도 안 보고 무조건 직진! 자, 비키시유, 아줌마가 핸들 잡았다.

이 이야기를 듣고 나는 배꼽을 잡았다. 하지만, 1970년대에 고속도로를 건설할 때, 아줌마들이 두 손으로 자갈을 깨서 길을 포장하고, IMF 때 아줌마가 아끼던 금귀걸이, 금반지 등 금붙이로 나라를 살렸으며, 시장바닥에서 생선 팔아 아들 딸 대학 공부까지 시켰다. 아줌마 파워가 지금 대한민국을 만들었다.

여자들, 안 돼!

지금 보니까, 젊은 여자들 사이에 가슴확대 수술이 유행인 것 같다. TV에서도 풍만한 여인을 출연시키고 인터넷 신문과 사이트도 여자 가슴에 초점을 두고 있다.

물론 흥미롭고 재미있고 또 특히 남성들에게 자극을 준다. 하지만 큰곰은 이를 매우 걱정한다. 안 돼!!

가슴확대 수술은 1961년 미국에서 개발돼서 1970년대까지 유행했다. 하지만 1980년대 들어 부작용이 심각해지면서 실리콘 젤의 생산자 다우코닝사가 수조 달러의 고소를 당했다. 그리고 1998년 코닝 회사는 드디어 파산하게 된다. 이제는 코닝 웨어, 깨지지 않는 오븐용 그릇을 만든다.

확대 수술에 삽입하는 젤은 유효기간이 6년이다. 부작용 등으로 재수술은 필수다. 그래선지, 수술 받은 여인들의 자살률이 안 한 여자보다 3배나 된다는 설문조사도 나와 있다. 미국 여인들은 이젠 생각도 안 한다. 미국에선 이것을 'Boob Job(젖통 성형 혹은 바보들의 짓)'이라 부른다.

영화배우, 특히 포르노 배우는 가끔씩 한다. 우리 의사들은, 그때보단 안전하고 기술이 발달했다고 말할 것이다. 절대 아니고, 절대 안 된다.

생각을 해보라. 여자의 가장 예민한 부분에 이질적인 플라스틱을 집어넣

뉴욕 파크애비뉴에 있는 데미안 허스트의 조각.

는다니. 우리의 상식은 어디로 도망갔나?

이러한 수술이 10년 전 코 수술같이 유행한다면, 정말 큰일이다. 안 돼!

"I YEARN FOR SOFT TOUCH
AND CONVERSATION."
내가 원하는 것은 부드러운 손길과 대화.

◎

왕 서방은 어때?

중국은 과거와 달리 명품 브랜드 생산에 집중하고 있다. 하이패션뿐 아니라 BMW 차도 생산한 지 오래되었고 보잉 비행기 생산도 시작되었다.

간단하게 말해서 신재벌이 터져 나오기 시작했다. CNN이 30대 신흥 재벌 10명을 인터뷰했다. 중국은 오랫동안 아이를 하나만 낳게 하는 산아제한 정책을 써왔다. 그래서 여자가 매우 부족하다. 질문은, "당신이 원하는 신부감은?"

답은,

1. 피부가 하얀 여자
2. 다리가 긴 여자. 즉, 키 큰 여자
3. 잘 웃는 여자(자기 농담을 잘 받아주는 여자)

그래서 리포터가 '학벌과 요리 솜씨는?' 하고 물었더니 "그건 결혼 후 내가 대학 보내도 되고 요리는 우리 엄마한테 배워도 되고, 요리 학원 가서 배워도 돼. 안 배워도 돼~. 매일 레스토랑 갈 건데 뭐." 결국 태곳적이나 지금과 같은 SNS 때나 남성 동물은 역시 '미모'를 최고 조건으로 치는구나.

이 인터뷰를 옥사나가 보고 말하길 "My love, 우리 양호 중국으로 유학 보내는 거 어때?" 하고 묻는다. 그래서 나는 "하오~ 왕 서방 띵하오!"

첫 번째 아내 김명신과 스포츠카 TR-7. 뉴욕 롱아일랜드.

너무 까불지 마, 그러다 사고 나

나이가 들면 추억을 되새기는 일이 잦아진다. 어떤 장소나 길모퉁이를 볼 때, 옛사랑이 생각난다. 그녀의 웃음소리와 아름다운 향기가 또렷하다. 아, 그녀를 안았을 땐 우주를 정복한 기분이었다. 내 인생의 한 가지 후회는 '왜 연애를 더 많이 안 했는가?'이다. 하지만 내 마음의 보물 상자가 되어준 그 여인들의 사랑과 친절에 한없이 감사하다.

악몽을 꿀 때도 있다. 그중 가장 자주 나타나는 사건은 나의 첫 번째 교통사고다. 1977년, 한국에서 음악 활동이 금지된 뒤 뉴욕에서 첫 번째 마누라와 망명 생활을 했다. 미대 출신이었던 마누라는 뉴욕 패션계에 무척 잘 적응했다. 마누라는 2년 만에 헨리 벤델이라는 패션 부티크에서 디자이너로 이름을 알리기 시작했고, 나는 '컬러 휠Color Wheel'이라는 세계 최대 사진 스튜디오에서 매니저로 일했다. 사치 & 사치 같은 광고 회사와 캘빈 클라인, 랄프 로렌, 아르마니 같은 디자이너들이 우리 고객이었다. 나는 록 스타의 꿈이 깨진 허탈함을 달래려고 도가 넘게 사치한 생활을 했다. 뉴욕에서 가장 비싼 동네인 어퍼이스트에 살면서 빨간 영국제 스포츠카를 타고 다녔다. 정말이지 폼 좀 잡았다.

에이즈가 창궐하기 직전 뉴욕은 문란했다. 도시 전체가 섹스와 마약, 로큰롤이었다. 나도 수많은 파티에 도취되어 양호한 밤을 보냈다. 어느 날 파티가 끝난 뒤 여자 동료 두 명을 집에 데려다주다가 큰 사고가 났다. 퀸즈 블러바드를 밤 1시에 질주하는데, 좌석이 두 개인 스포츠카에 동양인이 금발 여인 둘을 포개 태워 가는 것이 백인 남자들에게 아니꼬웠던 모양이다. 옆 차가 나를 치고 도망갔는데, 내 작은 차가 앞에 있던 승합차 밑으로 들어가 버렸다. 나는 이마가 깨지고 두 다리가 부러지고 갈비뼈 두 개가 나갔다. 한 시간 뒤 병원에 옮겨진 내 육신은 파손된 물건이었다.

담당 의사는 "수술을 해도 걷기는 힘들 것"이라고 했다. 한 씨 가족이 모두 달려와 기겁을 했다. 사랑하는 고모가 보스턴에서 전화해 "수술하지 마"라고 소리쳤다. 당시 하버드 대학 연구원이었던 고모는 하버드 의대 무릎 관절 전문의인 길Gill 박사에게 울면서 애원했다. "아비 어미 없이 자란 우리 조카가 걸을 수 있게 수술해주세요!" 워낙 유명한 의사라서 1년 수술 예약이 꽉 차 있었으나 길 박사는 고모의 눈물을 본 뒤 말했다. "좋소. 다음 주 바베이도스 휴가를 취소하고 뉴욕에 가서 수술해주겠소." 수술을 받고 난 뒤 내 다리 관절은 완전히 재생되어 6개월 후에는 걷게 되었다. 오! 주여, 감사합니다. 그러면 양호한 두 금발 여인들은 어떻게 됐나? 다행히 옆구리 약간 아픈 것 빼곤 하나도 안 다쳤다. 그리고 고맙게도 음주운전Driving Under the Influence으로 날 고소하지도 않았다. 또다시 오, 주여!

이 사고 이후 나는 새로운 인생을 살게 되었다. 저 위에 계신 분이 나의 오만과 사치에 브레이크를 건 것이다. "대수야, 너무 까불지 마라. 겸손하고 주위에 사랑을 베풀어라."

우리 모두 가수다

서바이벌 오디션 TV 프로그램이 많다. 10개도 넘는 것 같다. 수많은 젊은 가수 지망생들이 목숨을 걸고 출전하려고 안간힘을 쓴다. 심지어 그 부모들은 집을 팔고 은행 융자를 받는다.

이런 프로는 2002년도부터 '리얼리티 게임 쇼reality game show' 형식으로 시작한 미국 TV 쇼 '아메리칸 아이돌American Idol'이 그 원형이다. 워낙 인기가 좋아서 항상 시청률 1~2위를 다툰다. 하지만 상을 받은 수백 명의 수상자들 가운데 과연 몇 명이 현재 의미 있는 가수 생활을 할까? 두세 명밖에 안 된다. 그중에 이름을 떨치고 있는 켈리 클락슨Kelly Clarkson과 제니퍼 허드슨Jennifer Hudson이 포함된다. 말하자면, 이러한 리얼리티 쇼에서 금상을 타도 가수가 된다는 것은 거의 불가능하다는 말이다.

물론 목소리가 좋아야 되고, 외모도 양호해야 한다. 하지만 가수라는 직업을 계속 발전시키고 유지하려면 그 이상의 요소가 필요하다.

Originality. 독창성이 있어야 한다. 목소리 좋은 사람은 너무나도 많다. A양의 음성은 "뭔가 특이하다"라는 느낌을 줘야 한다. 그 다음은 Emotion. 감성이 풍부해야 한다. 이 부분은 인생의 희노애락을 경험하고 '고독의 바다'를 마셔야 성취할 수 있다.

세종문화회관 'The Rock Masterpiece' 공연. 강산에(왼쪽), 이상은(오른쪽)과 함께. 2010년.

엘비스 프레슬리Elvis Presley는 일찍 죽은 쌍둥이 동생과 사랑하는 어머니가 한이었다. 그 부드러운 바리톤 음성에 허전함이 느껴지는 이유다.

존 레논John Lennon 역시 어머니가 교통사고로 일찍 돌아가시고 아버지는 태어나자마자 그를 버리고 떠났다. 그의 목소리에서 깊은 고독이 품어져 나오는 이유다.

우리의 임재범 씨도 범상치 않은 소년 시절을 보냈다. 바로 고해다.

큰곰의 걱정은, 수천 명 10대 가수 지망생들이 이러한 TV 노래경연대회에서 상만 타면 가수가 된다고 착각하는 것이다. 위험하기 이를 데 없다. 그리고 시청률이 조금 좋다고 계속 이러한 유사한 카피캣Copy Cat 프로를 만들어내어 음악이라는 진한 커피에 계속 맹물만 타는 TV PD들의 행동이 슬프다. 오락이 되어버렸다.

음악은 고귀한 것이고 '신과의 대화'다. 음악은 망각의 바다를 헤엄쳐갈 수 있는 사람만 할 수 있다.

뉴욕에서 변종과 나, 2006년.

미술이냐 사기냐

나의 절친한 뉴욕 화가 변종곤이 광주 비엔날레 초청으로 회고전 형식의 큰 개인전을 열었다. 우리 한 씨 삼총사는 KTX를 타고 광주로 향했다.

변은 뉴욕 생활 30년 동안 많은 고통과 좌절을 겪었다. 하지만 그는 백남준 이후로 두 번째로 구겐하임에서 한국 화가로서 개인전을 연 사람이다. 나와 동갑인데, 그가 아직도 세계적인 대가가 되지 않았다는 현실이 매우 안타깝다. 변은 일찍 부모를 잃었고, 자기의 정체성을 찾기 위해서 유명한 사람이 되어야 한다고 했다.

그는 뉴욕에 도착하자마자 "대수야, 난 꼭 뉴욕에서 성공해야 한다"라고 말한 것이 엊그제 같다. 약 200점이나 되는 그의 작품들을 보니 감개무량했다.

그의 그림은 하이퍼-리얼리즘이란 장르로, 그림이 초현실적인 사진과 흡사하다. 같이 고생하고 울고, 웃고…. 우리는 부활절 때 오갈 때도 없는 그를 초청해서 칠면조 요리를 같이 먹곤 했다. 그럴 때마다 "이렇게 맛있는 칠면조는 처음"이라며 감탄하곤 했다.

전시를 보고 다음날 호텔 식당에서 브런치를 먹으며 이야기를 나눴다. 뉴욕 이야기, 노년기 이야기, 심지어 무덤을 사는 이야기까지 이어갔다. 그리고 헤어지면서 하는 말이, "나도 피카소같이 오래 살고 돈 억수로 벌었으면 좋겠다" 한다. 나는 "야, 니만 그렇나? 나도 살아 있을 때 음악 인정받고, 돈 엄청 벌었으면 좋겠다" 했다. 그러면서 우리는 웃음을 합창했다. 하하하 하하~.

참고로 피카소는 살아 있을 때 부와 명예를 한꺼번에 누린 유일한 화가다. 1973년, 나이 91세 때 죽었다.

"I'D LIKE TO LIVE AS A POOR MAN
WITH LOTS OF MONEY."
- PABLO PICASSO

나는 많은 돈을 가지고 있는 가난한 사람처럼 살고 싶다.
–파블로 피카소

미인

뉴욕에서 그 유명한 '감미옥' 식당을 운영하는 최 사장이 한국에 왔다.

"대수 형, 우리 제대로 된 순대국 먹으러 가요."

우리 동네 양호한 식당에 앉자마자 "그놈의 불룸버그 시장, 세금은 어찌 그리 많이 먹이는지, 규율은 또 어찌 그리 엄한지…" 하며 어쩌구 저쩌구 떠들고 있을 때 "안녕하세요, 대수 아저씨" 하고 한 여인이 인사를 한다. 그러면서 "내 강아지도 죽고, 내 망아지도 죽고. 오 고독해" 하며 내 최근 노래를 읊는다. "완전 정신병자예요!" 하고 낄낄댄다.

그런데 너무 미인이다. 아니, 눈부시다. 친구 둘 하고 건너편에 앉아 있는데, 셋 다 미인이다. 매력적이다. 7년 8개월 만에 보는 아름다운 여자다. 최 사장이 어쩌구 저쩌구 떠드는 소리가 하나도 안 들린다. 그녀의 동작, 앵두 같은 입술, 깔깔 웃는 목소리, 벗겨질까 말까 하는 하이힐, 뒤꿈치, 눈웃음, 오! 아름다움이여, 이 할아버지를 울게 만드는구나.

갑자기 양귀비라 불리는 '양귀페이Yang Gui Fei'가 생각난다. 얼마나 예뻤기에 당나라 왕이 자기 아들의 부인인 며느리를 빼앗았을까? 클레오파트라는 어떻고? 로마제국의 최고의 두 권력자 줄리어스 시저Julius Caesar와 마크 안토니오Mark Antonius. 하나는 암살, 하나는 자살, 자기도 자살.

You're not mad.
Just a bit strange

금세기 최고의 섹스 심볼, 마릴린 먼로Marilyn Monroe의 남자들;

– 최고의 극작가 아서 밀러Arthur Miller

– 최고의 야구선수 조 디마지오Joe DiMaggio

– 최고의 샹송 가수 이브 몽땅Yves Montand

– 그리고 미합중국의 대통령 존 F. 케네디John F. Kennedy

웃게 하고 울게 한 여인의 아름다움이여, 팜므 파탈Femme Fatale, 치명적인 여인이여! Beauty is Eternal(아름다움은 영원하다).

식당을 나오면서 나는 인류에 대한 희망을 느꼈다. 마치 훌륭한 예술작품을 감상한 기분이었다. 그날 저녁, 나는 미녀 삼총사를 또 만났다. 꿈속에서.

◎

도서관

우리 동네에는 200미터마다 카페가 있다. 대학교가 있는 동네이니, 학생들이 습관적으로 6000원짜리 커피를 시켜놓고 하루 종일 공부를 하고 친구들과 통화를 하며 시간을 보낸다. 자기 고시원이나 하숙방에 처박혀 있는 것보다는 낫다.

이런 모습을 볼 때마다 나는 느낀다. "왜 동네 도서관이 하나도 없나?"

내가 뉴욕에서 살 땐 동네 도서관을 자주 활용했다. 도서관에 앉아서 책을 네 권이나 쓸 정도로 그곳은 자료가 풍부하고 시설도 편리하다. 미국의 문제점도 많지만 도서관 하나는 잘되어 있다. 걸어서 15분 거리에 위치한 동네마다 훌륭한 도서관이 있다. 그리고 많은 문화 행사, 즉 '작가와의 만남', '작은 콘서트', '영화 감상' 같은 양호한 일들이 벌어진다.

정부 차원에서 도서관을 많이 설립하지만, 개인이 기부하는 경우가 많다. 그중에 앤드류 카네기Andrew Carnegie라는 '철강의 왕'이 무려 3500개의 도서관을 미주 지역과 자기 모국 아일랜드와 영국에 건립했다. 카네기는 카네기 홀과 카네기 멜론 대학도 설립하여 대중문화를 향상시키는 데 큰 기여를 했다. 1950년부터 미국이 경제적, 문화적 리더가 되는 데 절대적인 역할을 한 인물이다.

그의 철학,

"당신 인생 3분의 1은 교육을 받아라. 다음 3분의 1은 돈을 열심히 벌어라. 마지막 3분의 1은 인류를 위한 의미 있는 사업에 기증하라."

우리는 정부가 우리 인생의 모든 문제점을 책임지기를 원하지만, 사실상 정부는 돈이 없다. 그리고 인력도 모자라다.

큰곰 제언

상위 1퍼센트에 군림하는 양호한 재벌 여러분, 대한민국의 동네 도서관을 기증하는 것은 어떨지요? 이건희 도서관, 정몽준 도서관! 멋지지 않습니까? 어린 아이에서부터 할배, 할매까지 즐겁게 쉴 수도 있고, 부부 싸움을 했을 때 도피할 수도 있고!

"MAN WHO DIES RICH DIES DISGRACED."

- ANDREW CARNEGIE

부를 손에 쥐고 죽는 사람은 창피하게 죽는 사람이다.

– 앤드류 카네기

소통

"대수야~ 니 와 내 이메일에 답 안 하노?"

"미안하다. 나 요새 공연 준비 하느라 너무 바쁘다!"

이메일, 문자메시지, 트위터, 집 전화, 휴대폰. 또 마누라는 페이스북을 하고 스카이프 영상 통화도 전 세계에서 자주 들어온다.

이 모든 것에 답장하다 보면 내 일상생활은 언제 할 수 있나? 이렇게 편리하고 다양한 방법으로 통화를 하고 있지만, 우린 항상 "소통을 해야 한다"라고 울부짖는다.

결국 우리의 생각이 문제다. 골칫거리가 생기면 피해버린다. 문제가 생기면 숨어버린다.

결혼 생활 25년을 유지하는 동안 원칙이 하나 생겼다. 문제가 생길 때 절대로 전화로 싸우지 말라는 거다. 전화로 싸우기는 쉽다. 고함지르고 끊어버리면 그만이다. 하지만 얼굴을 맞대고 대화를 하면, 뭔가 돌파구가 생긴다.

말의 언어도 중요하지만 눈빛과 몸동작의 언어도 중요하다. 딸만 한 나이의 러시아 신부를 맞았으니, 얼마나 충돌이 많았겠나? "나 더 이상 못 참겠어. 이혼해!" 이럴 때마다 "옥사나, 빌리지에 있는 피가로 카페에서 만나, 내가 설명할게."

그래서 아직까지 큰곰 할배가 생존하고 있다. 문제가 생기면 휴대폰 대 휴대폰이 아닌 얼굴과 얼굴로 만나보라.

우리의 TV

뉴욕 화가 변종곤이 7년 만에 서울에서 큰 전시를 개최할 무렵, 모 TV 문화 프로그램에서 특집으로 그를 다루었다. 나도 찬조 출연을 했다. 프로그램은 재미있게 잘 방영되었는데, 변 화백한테 전화가 왔다.

"대수야, 어떻게 이런 문화 프로를 낮 3시에 하나? 누가 보노?"

"맞다, 요즘은 다들 맞벌이 부부니 할머니, 할아버지는 보겠지?"

TV에 문화 프로그램은 거의 없다. 그리고 하는 말이 "왜 그렇게 토막살인 이야기를 하노. 땅콩 이야기는 뭐 그리 중요하다고, 그리 난리인가."

맞다, 반 고흐 전시도 크게 진행되고 있고, 앙리 카르티에 브레송Henri Cartier Bresson과 세바스티앙 살가도Sebastiao Salgado와 같은 사진 대가 3명의 전시회가 동시에 전시되고 있다. 하지만 전혀 말이 없다.

나는 이제 10년 넘게 서울에서 살았다. 양호를 양호하게 키울 수 있어 고마울 뿐이다. 가장 오래 지속되고 있는 장기 체류다. 하지만 우리 TV 뉴스는 항상 부정적인 것negative context만 보도한다.

전화 사기, 썩은 고기, 어린이집 아동 학대, 성희롱, 정치 논쟁, 아파트 전세, 토막살인, 땅콩 회항. 아이고, ISIS는 CNN보다 훨씬 길게, 상세하게 보도한다.

우리 사회가 이런 것만 있는 것은 절대 아니다. 아름다운 사람들이 아름다운 일도 많이 하고 있다. 연극, 영화, 공연, 전시도 이루어지고 있다.

이러한 부정적인 뉴스 보도의 밑바탕에는 패배주의Defeatism가 깔려 있다. 즉, 내 인생이 불행하니 더욱 불행한 사람을 보고 위안을 얻는 것이다. 문제는 희망을 주는 것이 아니고 절망을 준다.

큰콤 제안

9시 뉴스는 사회 취향을 형성하므로, 뉴스 보도 국장님, 제발 50대 50으로 뉴스를 다룹시다.

부부 싸움

복잡한 음반 계약을 하고 집에 돌아오니, 나의 고시원이 너무 추웠다. 할배 느낌엔 영하 10도 같았다.

"아이구! 너무 추워! 마누라! 에어컨 리모콘 어디 갔어?"

"몰라, 당신이 찾아봐!"

"무슨 소리야, 나 지금 힘들게 일하고 왔는데. 빨리 에어콘 좀 꺼줘!"

"당신만 노동했어? 나도 일 열심히 했어. 나도 피곤해."

이런 식으로 시작된 대화가 결국 "이런 ××같은 러시아 가스나!", "너 같은 ××한국 놈!"까지 도달했다.

다음날 아침, 일어나자마자 내가 먼저 사과를 하고, 옥 여사도 사과를 했다. 그리고 사과를 나눠 먹었다. 부부 싸움은 피할 수가 없다. 3개월 동안의 '열정적'인 사랑이 식으면, 평화로운 관계를 유지하는 것이 목적이 된다. 특히 아이가 있으면 가끔 눈도 감아야 되고, 귀도 막아야 한다. 어떤 친구는 "난 항상 눈을 감고, 귀를 막고 산다"라고 말한다.

부부 싸움은 '칼로 물 베기'라는 말이 있지만, 아니다. 작은 다툼을 풀지 않으면 큰 싸움이 되고, 큰 싸움이 결국 "이건 내 집이야! 너 나가!"까지 도달한다.

결혼 20주년 되는 날, 2011년.

사람들에게 5분 동안 밖에 나가서 산보하고 오라는 충고를 하는 나도, 방법을 모른다. 따지고 보면 둘 다 잘못했다.

나는 내가 먼저 사과를 한다. “미안해. 여보, 내가 잘못했어. 용서해줘.” 그러면 상대방도 사과를 하게 된다. 용기 있는 사람만이 사과를 할 수 있다. 나의 원칙은 그냥 남편이 먼저 사과를 하는 것이 양호할 것 같다. 평화를 위하여.

40대 노총각에게 물었다. “왜 아직 결혼 안 해?” 답은, “아직 행복한 결혼생활을 못 봤다”였다.

맞다. “결혼해도 힘들고, 결혼 안 해도 힘들다.” 즉 “사는 것도 제기랄, 죽는 것도 제기랄!”

◎

표절

최고 인기 작가가 표절 논란에 휩싸여 문학계가 떠들썩하다.

표절. 어원은 라틴어 'plagiarius'로 "남의 아이나 노예를 인질로 납치하다"라는 뜻이다. 요즘에는 "남의 창작물을 훔치다"라는 뜻으로 쓰인다.

예술과 표절은 역사가 깊다. 왜냐하면 우리는 성장 과정에서 위대한 작가의 작품을 읽고, 듣고, 보고, 자라니 자연스럽게 그 작품들이 우리의 혈관에 스며든다.

1977년 미국 문학계를 뒤집어 놓은 알렉스 해일리Alex Haley 작가의 『*Roots*(뿌리)』는 퓰리처상도 타고, 영화화까지 되어 대박 히트를 쳤다. 해일리는 벼락 재벌이 되었다. 수천만 달러! 하지만 표절이었다. 사람들은 "흑인 작가가 다 저 모양이지 뭐. 도둑놈이야!" 하고 비꼬았다. 결국 작가는 법정에 서기 전에 원 작가와 합의를 보았다. 65만 달러(지금 돈으로 200만 달러)를 주고 침묵을 샀다.

앤디 워홀! 완전 표절이다. 캠벨 수프 캔을 그대로 베낀다. 그리고 남의 사진을 인용해 실크 스크린으로 밀어버린다. "반칙이다!"라고 사람들이 비난하면 워홀은, "베꼈지만 내가 다시 그린 것이니, 재창작이다. 있는 것을 더욱 상업화시키는 것이 나의 예술이다. Pop Art." 그는 아직도 미술계의 대가로 군림하고 있다. 미술의 관념을 바꿔놓았다.

우리 음악가 사이에 알려진 비밀. 마이클 잭슨. 그는 훌륭한 가수이지만 작곡가는 아니다. 하지만 마이클 잭슨이 작곡한 곡이 제법 많다. 그는 간단하게 무명 작곡가의 곡을 크레딧Credit까지 산다. 100만 달러를 주고. 그래서 마이클 잭슨 작곡 · 작사가 제법 많다.

비틀즈의 조지 해리슨도 자신의 곡 'My sweet lord'로 표절 소송을 당했다.

큰곰 할배! 나도 남의 곡, 한두 소절을 인용한 적이 있다.

베토벤의 월광, 벨라 바르톡, 존 케이지, 그리고 우리의 친구 알레한드로. 나는 최근 나의 책 『사랑은 사랑, 인생은 인생』에서 이를 고백했다.

우리는 물의 흐름을 약간 변경시키는 것이지, 물 자체를 창조할 수는 없다.

"GREAT ARTISTS STEAL, AMATEURS BORROW."
위대한 예술가는 훔친다. 아마추어는 빌린다.

◎

가난뱅이 커피메이커

내가 쓰던 퍼컬레이터percolator 커피 주전자가 고장 났다. 꼭지가 부러져서 스페어 파트spare part가 없다. 내가 가장 좋아하는 1950년대 커피 만드는 방식은 뜨거운 물이 리사이클recycle되면서 만들어지며, 커피도 낭비되지 않고, 커피 향도 양호하게 퍼지는, 빠르고 경제적인 방법이다.

그래서 할 수 없이 커피 메이커를 사러 백화점에 갔다. 아니?! 이게 뭐야!? 50만 원! 또 어떤 유명한 메이커는 250만 원! 완전 사기다! 무슨 따뜻한 커피를 만드는 기계가 이렇게 비싸단 말인가? 그래서 나는 가장 맛있는 커피를 가장 간단하게 만드는 방법을 창안했다.

17세기 커피메이커 방식. 처음 브라질에서 프랑스로 커피가 상륙했을 때!

커피 끓이는 방법

1. 긴 핸들이 달린 작은 냄비에 물을 끓인 후,

2. 커피 가루를 두 스푼 넣고, 2분 정도 기다린다. 그러면 약 4잔이 나온다.

3. 작은 거름망Strainer을 컵 위에 넣고 따른다. 끝!

양호한 커피가 순식간에 만들어진다. 스타벅스 5000원짜리 커피보다 더욱 부드럽고 맛있다. 무엇보다 한 컵에 200원밖에 안 드는 원두커피다. 출근하기 전, 새벽 6시에 마시는 고독한 커피는 하루의 시작을 알려주는 나만의 시간. 거기에다 촛불 하나를 켜고 묵념을 하면서 인생의 고통을 해소한다.

큰곰 제안

여러분, 100만 원짜리 커피메이커 필요 없습니다.

주전자 3000원! 작은 망사 1000원!

합계 4000원, 끝!

즐겨 피던 백조 담배. 1969년.

구름과자

담배는 해롭다. 암의 원인이며, 일찍 죽는다. 건강에 대한 경고도 현재진행형이다.

정부는 담뱃값을 4500원으로 인상했다. 문제는 담배 흡연자가 주로 중하층이란 점이다. 음악가로서 다양한 계층의 사람을 만나보았는데, 상류층 사람들은 담배를 삼간다. 가끔 저녁 식사 후 하바나 시가를 태우는 사람은 보았다. 상류층 부자들은 일등석을 타고 파리를 여행하고, 뉴욕을 쇼핑하고, 스위스에서 스키를 탄다. 자기 스트레스를 해소하는 여러 가지 방법이 있다.

하지만 중하층은 어떤가? 담배가 그 역할의 한 부분을 담당했다. 회사에서 싸웠을 때, 마누라가 바가지를 긁을 때, 담배 한 대로 위안을 얻는다. 잠깐의 흡연이 찰나의 분노를 다스린다. 니코틴의 위험성은 누구나 다 알고 있다. 그러나 스트레스도 '암'의 원인이다.

사회적 위험성을 따진다면 술이 더 위험하다. 음주운전, 가정 폭행, 성범죄 등이 술과 관계된다. 범죄를 저지르고 하는 말이, 너무 취해서 기억이 안 난다는 것이다. 그렇다고 알코올을 금지해야 하는 것일까? 아니다. 왜냐면 술은 소시민에게 즐거움을 선사하고 대화의 꽃을 피우는 촉진제 역할을 한다. 다음날 다시 일하는 용기를 주기도 한다.

담뱃값을 더 올려야 한다는 사람도 있다. 항상 노르웨이의 1만 6000원 담뱃값과 비교하는데, 노르웨이는 세계 2위 부자 나라다. 일인당 GDP가 연간 5만 6000달러다. 우리나라 중하층은 겨우 1만 6000달러 수준. 사실상 담뱃값 인상안은 비례적으로 비싸다.

정부가 많은 세금을 챙기는 루트로 담배를 공식적으로 파는 이상, 담배를 피울 수 있는 공간도 마련되어야 한다. 무조건 금연 딱지를 전 구역에 붙인다고 해결되지 않는다.

흡연자의 작은 권리가 있다면, 흡연 부스 등 끽연가 영역이 보장되어야 한다. 추하다. 구석에 숨어서 피우는 것은 납세자에 대한 차별 대우가 아닐까. 니코틴의 위험을 계속 강조하는 것은 찬성이다. 그렇다고 흡연자가 공공의 적은 아니다. 사회의 큰 적들은 다른 곳에 많다.

그러나 제발, 가래나 침을 뱉지 말자. 아름다운 동네를 더럽히는 비위생적인 행위다. 그런 이들에게 벌금 100만 원! 정부가 국민 개개인의 나쁜 습관을 하나하나 감독할 수는 없다. 술, 담배, 패스트푸드, 스마트폰 중독…. 세상엔 나쁜 것들이 얼마나 많은가. 그걸 모두 금지시키는 게 맞는 것일까. 이 모든 요소들이 힘들게 사는 중하층의 일상생활엔 'sinful pleasure'(몸에 나쁘지만 기분 좋게 하는 것)이다.

국민 기분이 좋아야 나라가 흥한다.

Live & Let Live! 너도 살고 나도 살자.

You're not mad.
Just a bit strange

동성 결혼

2015년 6월, 인류의 역사가 새로 써졌다. 동성 결혼이 미국에서 합법화된 것이다. 동성 결혼 합법화는 인간의 가장 근본적인 섹슈얼 정책sexual policy을 바꿔놓는 결정이자, 1964년 피임약 발명 이후 가장 큰 섹슈얼sexual 혁명이다.

1967년, 나는 세계적으로 유명한 세렌디피티Serendipity 레스토랑에서 셰프 조수로 일하고 있었다. 세렌디피디 레스토랑은 제키 케네디, 바바라 스트라이전드, 페이 더너웨이와 같은 VIP들이 들락날락하는 트렌디한 음식점으로, 웨이터들도 배우 지망생 미남들뿐이었다.

그런데 여자 종업원이 한 명도 없는 데다, 남자 직원들끼리 껴안고 키스하고 서로에게 지나치게 열정적이었다. 접시닦이 푸에르토리코 친구 티코에게 물어보았다.

"헤이 티코, 저 웨이터들 너무 열정적인 거 아닌가?"

티코 왈,

"이 친구야, 아직도 몰라? 저 친구들 마리꽁(동성애자)이야!"

아이고.

열여덟 살 내 가슴이 쿵쿵 뛰기 시작했다. 아니, 동성애자 소굴에서 지금 일하고 있었단 말인가? 목사 손자로서, 기독교 집안에서 자란 내가? 당장 그만둬야지! 그런데, 사진학교에 다니는 독립 군사(가난한 학생)로서, 시간도 딱 맞았고 보수도 양호했다. 할 수 없이 일주일을 더 참은 것이, 시간이 흘러 1년이 됐다.

그 사이 그들의 파티에 초청도 받고 그들 특유의 라이프 스타일과 문화를 이해하게 되었다. 이때만 해도 게이라는 단어가 없었고, 옷장에 숨어 있어야만 했다. 무조건 '호모homo'라고 하면 직장도 구하지 못하고 인간 취급도 받지 못할 때였다.

그후로 마누라가 하이패션계에 오래 종사했기 때문에, 게이 디자이너들과 많이 접하게 되었다. 철학을 논할 수 있는 아주 지적인 게이 신부와도 친구가 되었고, 게이 연극배우로 유명한 H 씨와도 친하게 지냈다. 게이들에게는 몇 가지 공통점이 있다.

1. 멋을 잘 내고 패션 센스가 뛰어나다. 비교적 잘생겼다.
2. 주로 창작 노동에 종사한다. 디자이너, 음악, 영화, 무용 등등.
3. 여자를 좋아한다. 하지만 친구로. 우리 마누라도 가장 친한 친구가 게이였다. 수다를 그렇게 잘 떤다.
4. 홀 엄마 밑에 자란 경우가 많다. 성장 과정에서 어머니의 추한 광경을 많이 봤기에 여자에 대해 환멸을 느낀다. 아버지를 그리워하므로, 남성에 대한 동경이 있다. 미국 부부의 이혼율은 약 50퍼센트인데, 주로 어머니가 아이 양육권을 가져간다.

미국의 동성 결혼 합법화는 세상을 더욱 바꾸어놓을 것이다. 어린 아이들이 성장하면서 이러한 결혼도 정상이고 저러한 결혼도 정상이라고 생각하게 되면, 인류의 미래는 어떤 길로 가게 될런지?

나는 어처구니없는 경험을 많이 한 음악가로서, 스스로 비교적 개방적인 사고를 지니고 있다고 생각한다. 하지만 동성 결혼 합법화는 고민해봐야 한다고 생각한다. 인간은 자연의 큰 부분을 차지한다. 과연 이 역사적인 사건이 '자연'과 함께 가는 길인지….

"I SUPPORT GAY MARRIAGE. I BELIEVE THEY HAVE A RIGHT TO BE AS MISERABLE AS THE REST OF US."
- KINKY FRIEDMAN

나는 게이 결혼 합법화에 찬성이다. 그들도 우리같이 불행한 삶을 살 수 있는 권리가 있다.
– 킨키 프리드먼(록 가수)

"GAY RIGHTS ARE HUMAN RIGHTS."
- HILLARY CLINTON

게이의 권리는 인간의 권리다.
– 힐러리 클린턴

착한 사람은
없다.
착하려고
노력하는
사람뿐이다.

I ♥ NY

L I F E I S

PART 06

인생은 부서지기 쉽다

F R A G I L E

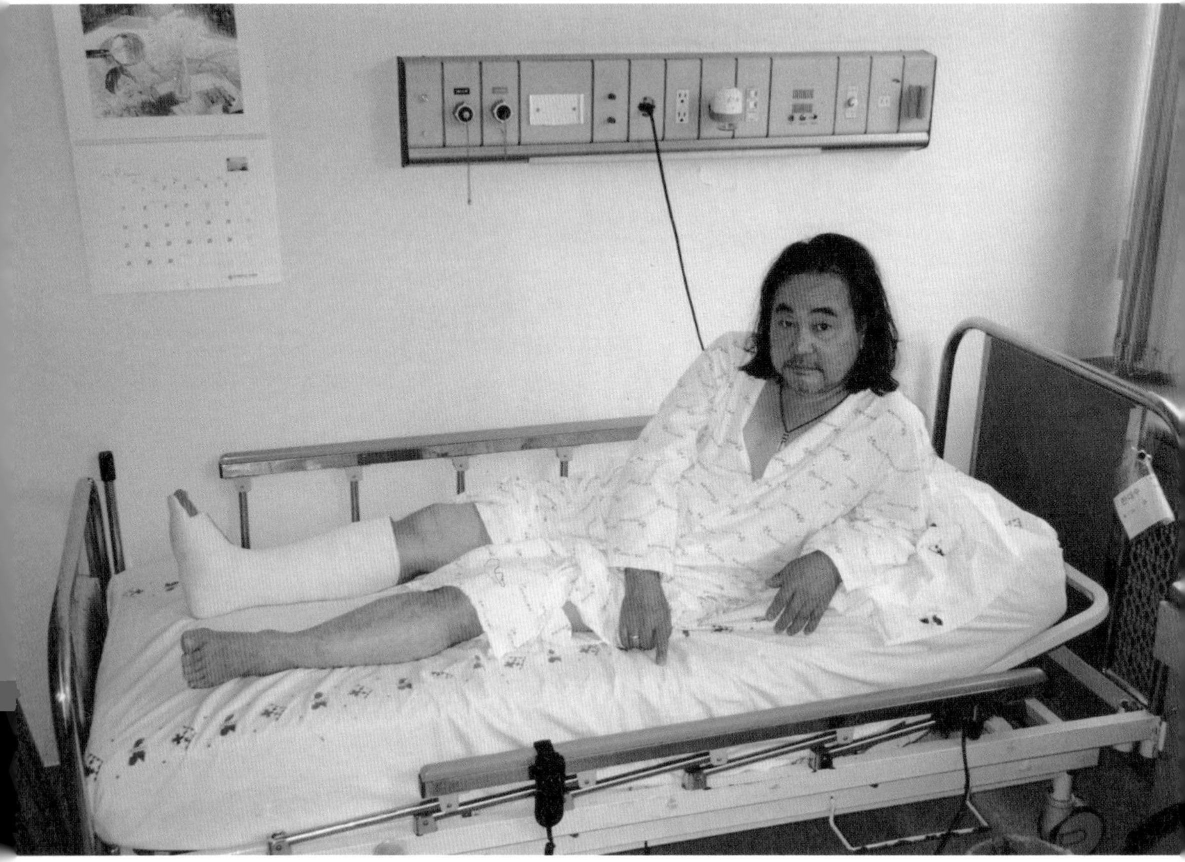

절뚝절뚝 23일

다리를 다친 지 4주째 접어든다. 불편하다, 특히 출퇴근이~. 아침에 택시를 잡는 것이 생각보다 어렵다. 목발을 보고는 그냥 지나가는 빈 택시가 가끔 눈에 띈다.

어느 비 오는 날 아침, 빈 택시가 10대나 지나갔는데도 아무도 서지를 않았다. 머리를 써서 목발을 몸 뒤로 숨기니까 겨우 한 대 잡을 수 있었다.

"왜 그런가요?" 하고 기사님께 물어보았다. "아침 출근길은 다들 바쁘고 해서…. 목발을 가진 사람은 주로 가까운 병원에 가잖아요? 차를 타고 내리는 데 10분씩 걸리니, 불편하죠." 기사님은 계속 말을 한다. "어린애 가진 아줌마도 기사들이 피해요. 골목골목으로 들어가 가까운 유치원에 가니까." 하지만 택시는 대중교통을 이용할 수 없는, 시간적으로 급한 사람들이 타는 것이 아닌가?

장애인으로서 빌딩 문을 열고 출입하는 것도 어렵다. 약 70퍼센트 사람들은 나를 기다리고 문을 잡아준다. 하지만 나머지 30퍼센트는 그냥 못 본 척하고 '확' 열고 가버린다. 자기 시간 3초만 희생하면 되는데. 미국에서는 장애인이든 아니든, 꼭 뒤에 오는 사람들을 위해서 문을 잡아주는 것을 기본 예의로 생각한다.

여하간, 나의 장애인 생활은 1주만 있으면 끝난다. 어릴 땐, “저 할배 왜 저리 느린가?” 하고 불평했지만, 이젠 내가 그 할배가 되었다. 정신이 육체를 다스리는 때는 지나가고 육체가 정신을 다스린다.

좀 더 천천히, 좀 더 차분하게, 좀 더 신중히. 절뚝절뚝, 목동의 바람 찬 거리를 걸어간다.

Hey man, It's Johnny

"야 이놈아! 나 죠니야!"

아이고, 35년 전 컬러 휠 사진 스튜디오에서 같이 일했던 절친한 친구이다. 나는, "야 이놈아, 너 아직 안 죽었어?" 하고 깔깔 웃었다. "나 이제 겨우 이메일 보내는 거 배워서 너한테 전화하는 거야! How's it hanging?(너 신체의 모든 부분이 아직 작동하나?)"

정말 오래간만이다. 존은 나보다 한 살 어린, 아이리쉬계 미국 친구로 같이 7년 동안 일하면서 형제같이 친하게 지냈다. 둘 다 30대 초반, 뉴욕 시는 황금기였다. 돈도 많았고, 여자들은 예쁘기만 한 게 아니라, 친절하기 짝이 없었다.

플레이보이 클럽이 붐이었으니, 주급만 받으면 바에 가서 웨이트리스 꼬리를 뽑느라 바빴다.

"우리 사장 할룩Haluk은?"

"할룩은 뉴욕 광고업계를 꽉 잡았지 않니? 너무 뇌물을 많이 줘서 상원의원 감사에 걸려서 플로리다 감방 생활 1년 하다 나왔어. 지금은 은퇴하고 요트나 타면서 잘 살아."

"네스린Nesrin은?"

"안 그래도 네스린이 너에 대해 궁금해하더라."

참고로 네스린은 과거의 아주 양호한 나의 터키 애인이었다. 지금은 54가의 터키식 음식점 주인이다. 돈 잘 번다. 열 살짜리 아들도 있다.

"너거 양호하고 중매시켜줄까?"

"하하~ 진짜 그러면 되겠다. 옛 애인이 양호 시엄마가 되다니! 죽여준다."

온갖 옛이야기로 떠들고 나니, 벌써 한 시간이 지났다. 죤도 그리워지고, 뉴욕 거리 모퉁이마다 색달랐던 냄새까지 그리워진다. 피자 냄새, 핫도그 냄새, 삭스 피프스 애비뉴 백화점의 향수 냄새, 지하철의 오줌 냄새. 다 그립다. 더욱 그리운 것은, 나이 서른 살에 직업도 없이 새로 산 캘빈 클라인의 트렌치 코트를 풀어헤치고 머리를 휘날리며 피프스 애비뉴를 활보하던 그 시절!

젊은이들이여, 열심히 일하고, 연애하고, 여행하고 살아가길! 나중에 늙으면 추억밖에 없다.

"YOU ONLY LIVE ONCE,
BUT IF YOU DO IT RIGHT, ONCE IS ENOUGH."
- MAE WEST

인생은 한 번뿐이다.
제대로 살면, 한 번으로도 충분하다.
– 매 웨스트(배우)

◎

굳이 두 사람이

5주 동안 심한 독감에 시달리다 대학병원을 찾았다. 의사가 나를 보더니 "당장 응급실로 보내" 하면서 입원을 시켰다. 내 몸을 3D 촬영한 결과 창자에서 덩어리 모양을 발견했다. 암!?????

다행히 암이 아니었다. 심한 독감과 기침으로 인한 내출혈이었다. 휴, 다행이다. 하루 종일 수혈을 받고 여러 정맥 주사로 내 몸을 회복시켜서 하루하루 나아졌다. Thank you lord!

입원 첫날, 옥사나는 나한테 필요한 생활 필수품을 가져와서 내 손을 15분 잡아주었다. 그런데, 간호사가 왔다갔다 하는 걸 보고 "OK, 대수, 나 집에 간다! 치료 잘 받아" 하고 돌아갔다.

나중에 나의 40년 친구가 방문했다. "야! 대수야, 죽지 않았구만. 그런데 옥사나는?" 다음날, 또 다른 친구가 찾아오자마자 "아니, 혼자 있는 거야? 옥사나는?" 그래서 옆방들을 보니, 부인과 남편이 꼭 붙어 있고, 아예 잠도 옆에도 자는 것이다. 어떤 병실은 가족 5명이나 환자를 지키고 있었다.

그래서, 옥사나에게 말했다. "마누라! 다들 가족이 옆에 붙어 있는데 당신도 와야 되는 거 아니야?" 옥사나 왈, "아니, 양호한 간호사와 의사들이 있는데, 내가 왜 필요해? 한 사람만 고생하면 됐지, 굳이 두 사람이 고생할 필요가 있나?" 생각해보니, 맞는 말 같기도 했다.

어쨌거나, 훌륭한 치료 결과, 나는 4일 만에 퇴원했다. 우리나라 의료 기술과 시스템은 정말 미국과 비교할 수 없을 정도로 최고다.

이번엔 너무 아파서 졸도까지 했다. 잠시 존 레논 형님의 얼굴까지 보였다. 레논 형님 왈, "야, 대수야, 나중에 만나서 기타나 치고 같이 놀자. 일단 양호와 좋은 추억을 더 만들어라." 감사합니다. 형님.

건강염려증

친구 집에서의 저녁, 나와 동갑인 친구 아내가 말한다. “하얀 쌀밥은 몸에 안 좋아. 잡곡밥만 먹어야 돼.” 나는 사실 기름기가 흐르는 하얀 쌀밥을 좋아하는데. 그 위에 명란젓만 얹으면 딜리셔스!!!

그리고 야채는 절대 물에 삶으면 안 되고 쪄야 한다는 설교가 계속된다. 그러면서 전자레인지를 없애겠다고 남편한테 선포한다. “전자파가 얼마나 몸에 나쁜데.” 이 말에 친구는 항의해본다. “아니, 한 번씩 음식도 데워 먹고 라면도 끓이고 얼마나 편한데.”

우린 가끔 지나치게 건강에 신경 쓰는 것이 아닌가? 결국 오래 살자는 말인데, 내 생각엔 맛있는 음식을 못 먹는 스트레스를 따진다면 장수 비결이 아닌 것 같다.

나는 곱창도 좋고, 삼겹살, 족발, 통닭, 가끔 치즈버거도 좋아하는데 얼마 남지 않은 인생에 어떻게 토끼같이 풀만 먹고 사나? 물론 좋은 음식 몇 가지는 염두에 두자.

1. 토마토(라이코펜)
2. 시금치(루테인)

3. 브로콜리(헬리코박터 파일로리 억제 물질)

4. 견과류(콜레스테롤)

5. 녹차(카테킨)

6. 연어(오메가 3 지방산)

그리고 가끔씩 레드 와인(항산화 폴리페놀)

하지만 세계 최고의 비과학적이고 비전문적인 소인 한 박사의 생각에, 건강에는 두 가지만 잘 지키면 된다. 하루에 물 10잔. 잠 8시간. 그러면 여든 살까지는 산다. 물론 잠을 잘 자기 위해선 신용카드 빚이 없어야 된다.

"WHERE THERE IS LIFE, THERE'S HOPE."
생명이 있는 한, 희망은 있다.

옥사나 엄마 이리나와 어린 옥사나(왼쪽에서 세 번째). 옥사나 여덟 살 때. 1978년.

home sweet home

결혼 생활 20년이 지나면 산전, 수전, 공중전까지 마친 상태가 된다. 아이들은 이미 중고등학생이 되었을 테고 서로의 나쁜 습관들을 고치려고 노력했지만 절반은 성공, 절반은 실패가 교묘하게 교차될 것이다.

"담배 계속 피우겠어. 할 수 없지." 그 상태가 되는 것이다.

하지만 결혼 생활에서 계속 평화를 유지하려면 남편과 아내가 터놓고 서로 이야기하는 관계가 유지되어야 한다. 신혼 때의 열정은 식었지만 대신 손잡고 산책할 수 있는 친구 관계는 유지해야 한다. 쉬운 것 같지만 어렵다.

나의 어떤 친구는 방을 따로 쓰는 부부도 있고, 또 어떤 재벌 친구는 아예 남편은 위층, 아내는 아래층을 쓴다. "부인 잘 지내?" 하고 물으면 "글쎄, 지금 스위스에 있나? 파리에 있나? 잘 모르겠네"라고 대답한다.

나는 지금까지, 40년을 부부로 살았지만 여전히 키스를 나누고 볼을 만지는 부부는 딱 한 번 보았다. 나의 고등학교 과학 선생님이었던 홀Hall 부부다. 그래서 장기 결혼 생활을 화평하게 누리는 큰곰만의 방법.

첫째, 어제 일을 오늘 계속 되새기지 마라. 특히 싸운 일이 있었다면 다음 날 계속 끄집어내지 마라. 오늘은 또 다른 날Today's another day. 새로운 출발이다.

둘째, 잔소리하지 마라. "어제 친구를 길가다 만나서 단물 한 잔 했어" 하면 "이번 달 카드 값이 얼만데 또 쐈어?"라고 하는 대신에 "어, 그래, 재미있었어?" 하는 게 좋다.

셋째, 친절한 한 마디가 그 날을 부드럽게 만든다(Kind words make the day). 착한 말을 하라. 무조건 "yes", "ok" 하라. "우리 아들 수영장 보낼래" 하면 "ok", "우리 멕시코 음식 먹자" 하면 "yes", "아, 새로운 카메라 살래" 하면 "ok", "친구와 2박 3일 여행 갈래" 하면 그것도 "ok".

결혼 생활 20년이 지난 이 마당에 용서 못할 일이 없다. 단, "나 애인 생겼어." 이 부분은 심한 경우라 심각하게 의논할 필요가 있다. 사랑인지? 아니면 지나가는 바람인지?

난 이혼을 믿지 않는다. 상대방이 요구한다면 할 수 없지만, 그럴 경우 변호사 개입 없이 무조건 재산을 반반씩 나누면 된다. 안 그러면 변호사가 열심히 저금한 3000만 원을 다 가져간다.

"IN SICKNESS IN HEALTH IN POVERTY IN WEALTH
DO YOU SWEAR TO LOVE EACH OTHER
TILL DEATH DO YOU PART?"

병들었든, 건강하든, 가난하든, 부유하든,
서로를 영원히 죽을 때까지 사랑할 것을 맹세합니까?

그때 "yes" 했으면, 그 대답을 지켜야 한다.

독감

너무 아프다. 나는 감기 걸린 적이 별로 없기 때문에 대수롭지 않게 생각했다. 그런데 꼼짝을 못하겠다. 으스스하고 머리가 아프고 도무지 식욕도 없다.

'뭐, 하루이틀 가겠지…' 하고 기다렸는데 상태가 더 나빠진다. 병원에 가니 닥터가 이렇게 말한다. "독감이에요. 무조건 잘 먹고 쉬어야 합니다. 잘못하면 한 달 이상 갈 수 있어요."

미국에서는 독감으로 죽는 노인들도 제법 있다. 이제 노후 과정에 들어섰구나. 크고 작은 병과의 싸움이 시작되는 순간이다. "모든 사람은 오래 살고 싶어 하지만 노후 과정은 싫어한다."

우리 아버지는 내게 이런 말을 한 적이 있다.

"아들아! 늙어가는 것은, 하나도 재미없다(No fun getting old)."

◎

오, 양호 수술!

양호가 수술을 해야 한다. 너무 양호해서 그런지 치아 하나가 더 생겨 잇몸에 박혀 있단다. 치아가 누워서 낮잠만 자고 있으니, 다른 치아 성장을 방해한다고 의사가 말했다.

"잇몸 수술을 해서 빼내야 합니다!"

"아이고, 잇몸 수술?!"

그리고 양호가 대학병원이 떠나라 고함을 지르니, 전신 마취를 해야 한다고 한다. 오! 노! 얼굴부터, 모든 것이 용감한 옥사나를 닮았는데, 겁쟁이 성격은 왜 하필 나를 닮았나?

양호 수술하는 날, 온종일 내 잇몸이 아팠다. 전화 오는 소리도 무서웠다. 오, 주여! 양호를 도와주십시오!

손숙 씨가 겁에 질린 나를 보더니, "걱정 말아요. 요즘 우리 의료 기술이 워낙 발달해서 문제없어요! 나는 애 셋 키우면서 수십 번 겪었어!" 하며 나를 안심시켰다.

양호를 키운다는 것은 나에게 인생의 전환점이 되었다. 양호를 낳기 전에 나는 세계를 돌아다니며 열심히 봉사활동도 하고, 돈이 있으면 파티를 하고 없으면 라면을 먹었다. 그때 나는 무슨 자유와 무슨 사랑을 노래했는가?

나는 아무것도 몰랐다. 어린 생명을 키우면서 자본주의가 얼마나 무서운지 처음으로 깨달았다.

이제 알겠다. 자유는 책임이고 사랑은 희생이다. 양호야, 이것을 가르쳐 줘서 고맙다.

P.S 양호 수술은 성공적이었고, 이젠 웃으며 뛰어다닌다.
그리고 우리 의료 기술은 최고, 그리고 병원 시스템은 넘버원!

©옥사나

이별

요즘 뉴스를 보면, 사랑한 후 이별을 깨끗하게 매듭짓지 못해 일어나는 끔찍한 사건들이 많다. 심지어 살인까지! 그리고 사랑한 연인의 가족까지 살해하는 어처구니없는 일들도 있다.

이별. 사랑이 끝난 후 이별을 한다는 것은 쉬운 일이 아니다. 아무리 연구를 해도 '좋은 이별'은 없다. 항상 상처가 있기 마련이고, 사랑한 만큼 고통도 깊어지고 또 오래간다.

나도 양호하게 이별을 해보려 했지만, 성공해본 적이 별로 없다. 한번은 연인의 집착이 너무 심해 그 큰 미국 대륙의 끝인 캘리포니아로 이사를 간 적도 있다. 전날 밤 내가 그녀에게 살인당하는 꿈까지 꿨으니.

또 한번은 다른 길을 가자고 서로 동의했지만, 계속 나를 찾아오고, 또 내 개인 생활을 방해하기까지 했다. 집착이란 무서운 병이다.

그래서 아예 연락을 끊은 적도 있다. 나의 숨은 소원은 그녀가 천천히, 꾸준히 나를 잊게 하는 것이었다. 하지만 CBS FM '손숙·한대수의 행복의 나라로'의 작가는, "안 돼요. 할아버지. 그건 여자를 고문하는 거예요"라고 한다.

어떻게 하면 사랑과 신사적으로 이별할 수 있을까? 한 가지 내가 얻은 진리는 헤어지면서 절대 나쁜 말은 하지 말라는 거다.

"너 같은 인간의 더러운 성격 때문에! 너 같은 사람은… (어쩌고저쩌고)!" 보다는 "그간 아름다운 시간이었다. 하지만 이젠 우린 길이 다른 것 같아. 행운을 빈다." 이렇게 말하면 어떨까?

비틀즈가 말했다. "이별 후 찢어지는 마음의 고통은 사랑을 나눈 깊이와 비례한다."

열여덟 살 때 뉴햄프셔 농장에서. 1965년.

메르스와의 전쟁

전 국민이 메르스 때문에 많은 고통을 겪었다. 내가 느낀 몇 가지!

지나친 눈치 문화와 체면 문화로 인해 정직하지 못했던 게 화를 키웠다. 정부가 'S병원'이라고 손가락질하지 못한 것이 새로운 확산을 불러일으켰다. 결단력 없는 리더십 때문에 4명의 감염자가 58명이 되고, 58명이 5000명 이상의 격리자를 양산했다. 일주일 동안 발표를 안 했기 때문이다. 권위 있는 소수를 감싸려다 온 국민을 위험에 노출시켰다.

우리는 한국을 IT강국이라 자칭한다. 온 국민이 스마트폰을 가졌지만 '마음과 마음'의 대화는 모자라다. 나도 공연하고 앨범을 만들 때마다 답답하다. 도대체 소통이 안 된다.

뉴욕 같으면 어떠한 큰 프로젝트를 시작하면 하루에 100번씩 기획자와 대화를 나눈다. 그러나 우리는 그냥 대충 '알아서 하겠지' 하는 형식이다. 왜 이렇게 거꾸로 됐는지, 아티스트인 내가 매일같이 연락해 해결책을 찾아내야 한다. Confirm, Confirm, Reconfirm. 확인, 확인, 재확인. 이것이 뉴욕 스타일이다! 이번 비극을 거울로 삼아, 우리 자신에게, 또 서로에게 솔직하고 투명한 관계를 맺게끔 노력할 필요가 있다. 하늘과 땅 사이에 비밀은 없다.

오직 '정직Honesty'이 우리를 해방시킬 것이다.

큰곰 제언

정리해고를 당했으면 마누라와 의논해 새로운 살길을 찾으세요.

– 한강으로 가지 말고!

이혼당했으면 친구들에게 알리세요.

– 그래야 새로운 짝을 찾죠!

"POWER CREATES INTRIGUE."
권력은 음모를 꾸민다.

양호야, 양호야

6월 1일은 양호의 생일이다.

놀랍다! 벌써 초등학생이라니! 분유를 탈 줄 몰라서 쩔쩔매던 게 엊그제 같은데 벌써 초등학교 다니며 자전거를 타고 씽씽 달리니, 놀라운 기적이다. 매일같이 방송하고 앨범을 만들고, 공연을 하다 보니 세월이 빨리 지나갔구나.

이제 우리 꼬마를 보니 작은 숙녀가 되었다. 드레스를 입고 매니큐어까지 바르고, 벌써 패션 코디네이션까지 따지니 말이다.

©조상호

양호는 나에게 또 다른 세상을 열어주었다. 그리고 많은 것을 가르쳐주었다. 내게 가장 중요한 '나'만의 삶이, 아무 의미가 없다는 것을. 나보다도 더 중요한 다른 생명이 있다는 것을. 그리고 나누는 인생이 최고의 인생이라는 것을.

우리는 너무 일류 대학, 대기업, 연봉만 따지는 시대에 살고 있다. 하지만 전형적인 성공을 거두었더라도 결혼을 잘못하면, 지옥이 따로 없다.

나도 많은 시련의 가시밭길을 걸었지만, 양호는 건강하고 똑똑하다. 항상 고맙게 생각한다.

Thank you Lord.

장례식

요즘 피곤할 정도로 장례식장에 자주 간다. 한 달에 한 번, 어떤 달은 두 세 번, 시간도 시간이지만 돈도 장난이 아니다. 우리 엄마 세대, 삼촌 세대, 그리고 내 나이 69세이니, 나의 동지들까지. 죽음은 "생존의 끝이다". 3년 동안 보지도 않은 사람을 살아 있지도 않은 상황에서 찾아간다는 것도 참 아이러니다.

친구가 묻는다. "미국 장례식도 우리처럼 해요?" 아니다. 생각해보니 정반대다. 장의사들이 망자를 살아 있을 때의 모습과 비슷하게 얼굴을 재생시켜 가장 화려한 옷을 입힌 후, 관을 개봉시킨다. 이러니 돈도 많이 든다. 그러면 조문객들이 시신을 들여다보며 마지막 인사를 한다. 때로는 손도 만지고, 입술에다 키스를 한다. 관을 선택하는 것에도 돈이 많이 들어간다. 평균, 2000달러이지만, 스테인리스 스틸이나 플래티늄 고급관은 2만 달러 이상이다.

울고 있는 가족에게 장례식장 직원은, "당신의 남편을 마지막으로 보내는데, 고급관에 넣어야죠"라고 제안한다. 그러면 부인은, "네, 물론이죠. 제일 비싼 것으로 주세요" 한다. 굉장히 큰 비즈니스다. 간단한 예배가 이루어지고 친한 가족이나 친구들이 한 마디씩 연설을 한다.

농담도 빠지지 않는다. "우리 친구 샘은 피자를 너무 좋아해서 내가 그만 먹으라고 했는데, 계속 먹더니 고혈압으로 뒤졌네. 사랑하는 친구야, 천당 가서 피자 실컷 먹어라! 사랑한다."

돈은 안 준다. 꽃은 가져간다. 무엇보다 'Words of sympathy(애도의 말 한마디)'를 선사한다. 장례 비용은 전적으로 가족들 부담이다. 그러므로 미국 사람들은 이렇게 농담을 한다.

"Death is a luxury I can't afford(난 죽지도 못 해. 돈이 없어)!"

우리는 어떤가? 일단 돈 봉투를 건네고 망자의 전성기 때 사진을 바라본다. 시간이 없으면 친구에게 자기 돈 봉투만 전달한다.

큰곰 할배는 어떻게 생각하나? 당연히 한국 강남 스타일이 최고지! 장례식은 치러야 하는데, 돈이 최고지! 화폐 많이 주세요!

로마 스페니쉬 스텝. 2013년 ©조상호

인생은 카스테라다

할배가 넘어졌다. 의자에 잘못 앉아 오른쪽 발을 다치고 왼쪽 허리가 책상 모퉁이에 찍혔다. 꽝! 10분의 1초 사이 내 몸은 마비된다. 걷지 못한다. 순간 '이거 또 1년 고생하겠구나'라는 생각이 스치면서 자동차 사고를 포함한 3번의 다리 골절 사고가 떠오른다. 음악, 방송, 양호 저녁은 누가 해주나?

응급실 X-레이 검사 결과, 다행히 골절은 없고 타박상이다. 허리 부분은 척추를 6센티미터 정도 피해 찍혔다.

할렐루야! "Praise the lord and pass the butter."

늙은이는 넘어지면 안 된다. 우리 외할머니와 고모는 목욕탕에서 넘어져서 결국 돌아가셨다. 몸이 망가지니 철학자가 된다. 고통은 많은 에너지를 소모시킨다. 장기적으로 아프면 희망을 잃기에 빨리 늙는다. 몸과 마음은 같이 간다.

6개월 동안 누워 있으면 6년 늙는다. 이번은 피했지만 우리 모두가 피할 수 없는 길이다. 병상에 누워 영원한 천국의 문을 두드릴 때?

"Life is Fragile(인생은 카스테라다)." 내가 이루어놓은 먼지의 제국.

BUBBA GUMP
SHRIMP COMPANY
FINAL BR
PERFOR
GET TICKETS NOW:
Broadhurst Theatre
Gray Line
Sightseeing

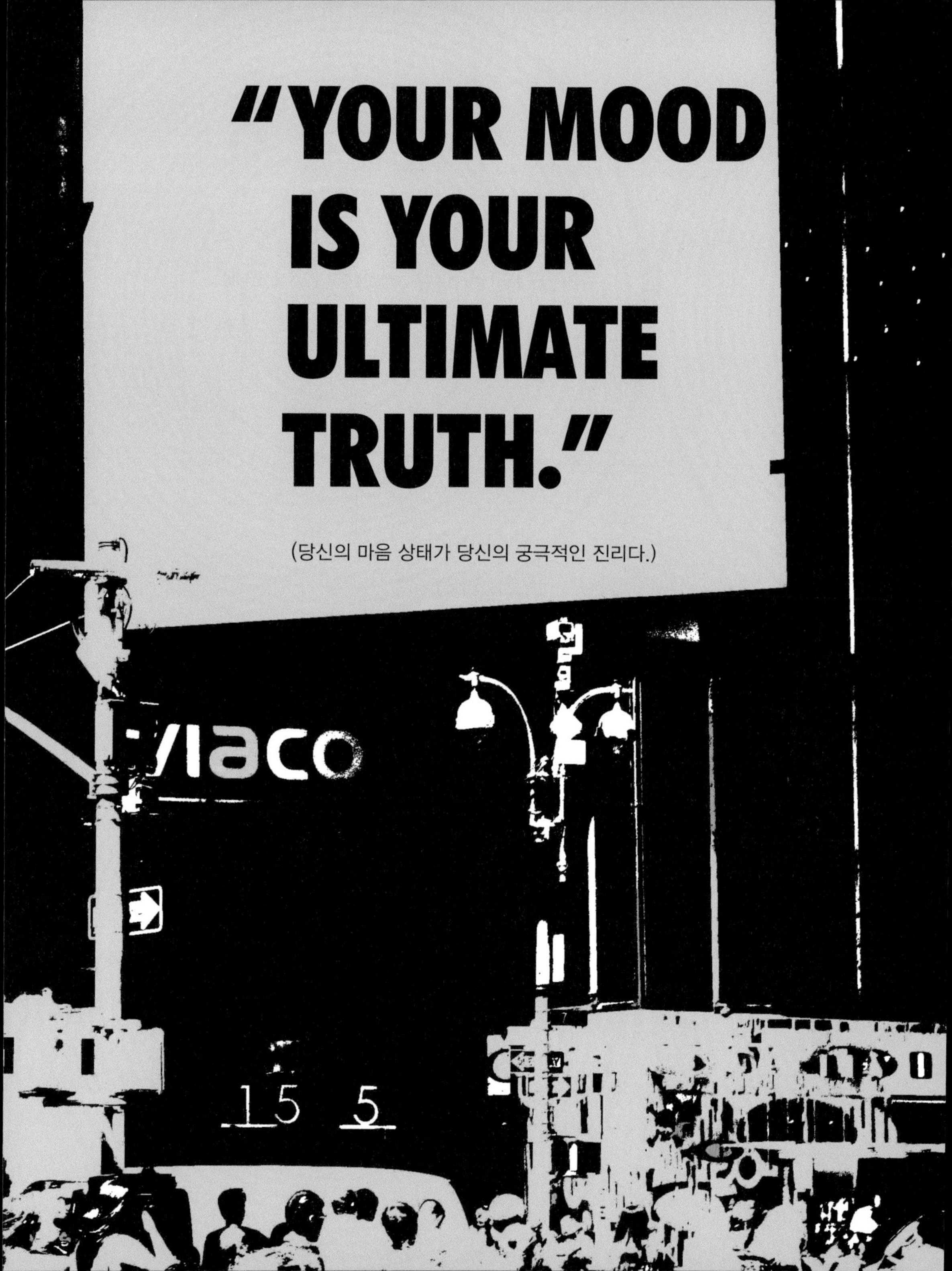

(당신의 마음 상태가 당신의 궁극적인 진리다.)

L I V E A N D

PART 07

너도 살고 나도 살자

LET LIVE

몽고, 2005년.

마음속의 민주주의

대통령 선거가 드디어 끝났다. 대통령이 결정되었으니, 다시 일상으로 돌아갈 수 있어 다행이다.

내가 어느 후보에게 나의 음악을 허락했다고 몇몇 사람들이 나를 비난했다. 심지어 우리 스태프 중에서도 한 사람이 고개를 '갸우뚱'. 제일 열정적으로 반대한 사람은 오랜 친구로 지낸 영화감독이었다. 고등교육을 받고 뉴욕에서도 7년 이상 산 사람이?

내 노래는 과거 여당, 제2당, 제3당, 모두 선거 때 활용되었다. 자랑하자면, 내 노래같이 적합한 곡이 어디 있겠는가?

나는 이 몇 사람의 반응에 깜짝 놀랐다. 민주주의의 기본 요소는 다음 세 가지다.

Political Freedom – 정치적인 자유. 어떤 후보를 지지하든.

Sexual Freedom – 성적 자유. 동성애자, 양성애자, 이성애자든.

Religious Freedom – 종교적인 자유. 어떤 종교든, 무신론자든.

김영삼 대통령 때부터 실질적인 민주주의가 실천되어왔다면 우리의 민주 역사는 고작 20년밖에 안 된다. 그러니 표면적으로는 민주주의 체제이지만 심적으로는 아직 봉건주의 사상에 머물러 있다. "내편 아니면 적"이라는 식으로. 나의 친구들 중에는 공화당도 있고, 민주당도 있고, 불교신자도 있고, 무신론자도 있고, 게이도 있다.

어느 후보를 택했든, 방법만 다르지 궁극적인 목적은 똑같다. "어떻게 하면 더욱 평화롭고 잘 사는 사회를 만드느냐"이다. 양호한 나라. 나아가서 양호한 세계. 양호가 양호하게 뛰어놀 수 있는 양호한 미래를 꿈꾸어본다.

"동의하지 않는 것을 동의할 줄 알면 진정한 지식인이다."

"IF WE CAN'T COMPROMISE, WE CAN'T GOVERN."
- BARACK OBAMA

협상을 못 하면 통치할 수 없다.
– 버락 오바마(2016.2.10)

No Nuke
(핵 실험은 안 돼!)

전 지구가 핵무기 문제로 골머리를 앓고 있다. 특히 북한과 이란. 큰곰은 매우 걱정이 된다. 핵무기 개발 이전에, 현재 진행되고 있는 한반도의 핵 실험이 더 문제다. 지하 실험을 한다고 하지만 그 어마어마한 방사선이 어디로 도망가겠는가?

핵무기를 보유하기 위해서는 핵 실험을 수십 번 해야 한다. 미국은 1945년 첫 핵 실험을 한 나라로, 현재까지 1054번이나 실행했다. 주로 북태평양에 위치한 마셜Marshall 군도에서. 구소련은 715번이나 우즈베키스탄, 카자흐스탄 등지에서 실험했다. 지구의 8분의 1이 러시아다. 프랑스는 핵 실험을 남태평양 프렌치 폴리네시아French Polynesia 군도에서 210번이나 했다. 전 지구를 방사선 덩어리로 만들어놓았다. 나쁜 놈들!

북한이 그 작은 땅에서 핵 실험을 3번도 아닌 10번을 하면 우리 한반도는 어떻게 될 것인가? 서울에서 평양까지 KTX로 가면 3시간 거리다. 정말 가까운 곳이다. 상상만 해도 끔찍하다. 우리의 쌀과 곡식, 그 풀을 뜯어먹는 소와 염소, 어떻게 될 것인가? 그리고 우리가 마시는 물과 공기는?

북한은 여덟 번째 핵무기 보유국이다. 미국, 러시아, 프랑스, 영국, 중국,

인도, 파키스탄. 그리고 이스라엘이 핵무기 보유국이라는 것은 공공연한 비밀이다. 이 모든 국가들이 현재 핵 실험을 통합 2000번 정도 했다. 그러면 일본, 한국도 핵무기를 개발할 경우, 우리 극동아시아는 어떻게 되겠는가?

일본 쓰나미로 인한 후쿠시마 핵발전소 사고, 우크라이나 체르노빌 사고를 목격한 우리는 깨달아야 한다. 체르노빌의 경우, 핵발전소 31킬로미터 반경에 인간이 다시 살려면 2만 년이 걸릴 것이라고 한다.

큰곰 제언

"너 죽고 나 죽자"는 답이 아닙니다. 젊은이들이여, 일어나서 평화 운동을 열심히 시작해야 합니다.

"PEACE BROTHERS AND SISTERS! NO NUKE!"

20년 만의 눈물

얼마 전, 나는 아이처럼 펑펑 울었다. 언제 이렇게 펑펑 울었는가? 조부모님 장례식 때도 안 울었고, 아버지 장례식 때도 안 울었으니, 20년이 된 것 같다. 아! 양호한 음악 듣거나 영화를 보다가 울었을 때는 제외한다.

내가 20년 만에 눈물을 흘린 이유는, 새로운 교황 프란치스코Francis가 소아마비에 걸린 어린 소년을 안고 키스하는 장면을 보았기 때문이었다. 도미닉Dominic이라는 여덟 살 소년은 교황의 목을 자신의 비뚤어진 두 팔로 안고 하늘을 쳐다보며 웃었다.

교황은 소년에게 귓속말로 "하나님은 너를 사랑한다. 도미닉, 너를 누구보다 더욱 사랑한다." 그 순간 내 눈에서 쓰나미 같은 눈물이 흘러나왔다. 이것이 종교의 힘이고, 사랑의 힘이다. 짧은 한 장면이 전 세계를 감동시켰다.

다음날 도미닉의 어머니 크리스티나Christina는 너무나도 행복해하며 자기 아들이 그 이후로 너무나도 차분하고 안정적인 생활을 하고 있다고 했다. 'Kiss from heaven(천국의 키스)'이라고 했다.

한반도는 지금 문제가 많다. 북쪽에서는 "너 내 말 안 들으면 쏠 거야" 하고 으름장을 놓고 있고 남쪽에서도 "그래 쏴 봐!! 우리는 너희들을 쑥대밭으로 만들 테니" 하고 있다. 남북한이 너무나도 순진하고 어리석은 행동들을 하고 있어 큰곰은 무척 슬프다.

과거 역사를 보더라도 전쟁은 얼마나 많은 사람들, 특히 민간인들을 많이 죽였는가, 그 시체를 나열해도 지구 열 바퀴는 돈다. 절대 해결책이 아니다. 과거를 돌아볼 필요도 없다. 현재 시리아를 보라.

러시아, 중국을 포함한 한반도의 역사적인 영향력을 가진 나라의 리더들이 빨리 뭉쳐서 대화를 시작해야 한다. 분쟁과 오해를 풀 수 있는 계기가 되어야 한다.

부활절 예배 때 교황 프란치스코의 마지막 말.

"Urbi et Orbi-Change Hatred Into Love(증오의 씨앗을 사랑의 씨앗으로 바꿔라)!"

그리고 특히, 한반도 분쟁을 가리키며 "분쟁을 극복하여 화합의 온기가 재생하기를 바란다"고 했다.

"YOU MUST BE THE CHANGE
YOU WISH TO SEE IN THE WORLD."
– MAHATMA GANDHI

세계가 변화하기를 바라면,
당신 자신이 먼저 변해야 된다.
– 마하트마 간디

리틀 싸이

전화가 왔다.

"동아일보입니다. 이번에 리틀 싸이가 혼혈 아이로서 악플에 시달리다 경찰에 고발했는데 다문화 가족 1세대로서, 어떻게 생각하십니까?"

"1세대는 이승만 박사입니다. 저도 양호 때문에 고민을 많이 합니다."

올 것이 왔다. 소수 민족은 수가 적을 때 문제가 안 된다. 하지만 수가 늘어나고 주류Mainstream 사회를 향한 영향력이 커지면, 반발이 생기기 마련이다. 20년 후에 다문화 가정, 즉 혼혈 인구가 20퍼센트에 도달할 때, 우리 한국인의 태도는 어떻게 변할까?

한국 남자들은 베트남, 필리핀, 중국 신부를 맞이한다. GDP가 낮은 나라들이다. 신부들은 사랑 때문에 한국에 오는 것이 아니라 경제적인 이유 때문에 온다. 간단하게 말해서 한국이 부자 나라, 선진국이 된 것이다. 그리고 선진국처럼 골치가 아프기 시작한 것이다.

런던은 인도 파키스탄인들로 들끓는다. 파리는 중심가에서 30분만 이동하면 아프리카 불법 이민자를 수두룩하게 만난다.

뉴욕은 어떤가? 완전 인간 박물관이다. 백인이 드물다. 세계화가 이루어지고 있는 이때, 가난한 나라의 사람들이 부유한 나라로 이동하는 건, 자연의 법칙이다. 우리도 1960~1970년대에 독일로 광부와 간호사가 이주 노동자 신분으로 건너갔고, 뉴욕과 LA로 많은 교포들이 이민 갔다. 그때 벌어들인 달러가 현재 한국 경제의 기둥이 된 것이다.

우리는 이 변화의 흐름을 받아들여야 하고 국민들을 대상으로 인종차별의 위험성에 대해 교육을 시켜야 한다. 잘못하면 폭동이 일어난다. 정부와 미디어의 책임이다. 가장 좋은 모델은 미국이다. 흑인들의 희생적인 인권운동이 차별 철폐의 초석이 되었고 그 결과로 미국 최초의 흑인 대통령이 탄생했다.

다문화를 소화시켜야지 안 그러면 체한다. 배척한다고 해결될 문제가 아니다. 베트남인-한국인, 필리핀인-한국인, 미국인-한국인 등 우린 이 모두를 코리안으로 포용해야 한다. 다문화를 막을 수 있는 길은 오직 하나, 한국 젊은이들이 한국 사람과 결혼하는 것이다. 그런데 그게 지금 가능하기나 한가?

분쟁

우크라이나에서 친 러시아파인 동부와 친 유럽파인 서부의 갈등이 더욱 심해지고 있다. 사망자가 매일 늘어난다. 심지어 파리의 비스트로bistro에서부터 모스코바의 키오스크kiosk까지 사람들이 수근거린다. "이러다 제3차 세계대전이 나는 거 아냐?"라고.

지금 세상에는 위험 지역Hot spot이 너무 많다. 우크라이나뿐 아니라, 터키도 위험하게 움직인다. 이집트는 군사 독재로 되돌아갔고, 브라질도 폭동의 나라가 되었다.

인구 비례적으로 대학 졸업자가 가장 많은 이때, 왜 크고 작은 분쟁이 확산되고 있는가? 인터넷, SNS, 24시간 뉴스 채널의 생중계가 윤활유 역할을 하는 건지? 아니면, 우리 '배운' 인간이 더욱 자기 이익을 위해 잔인해진 건지? 둘 다 맞다.

영어로 "Save your own skin(너의 살 껍데기만 보호하라)"은 '나만 살아남으면 된다'란 뜻이다. '배려'와 '소통'은 말로만 있는 것 같다. 형제여, Peace & Love.

ISIS

전 세계가 테러로 들끓는다. 프랑스 파리, 호주 시드니, 영국 런던에서, 죄 없는 민간인들이 이유 없이 희생당하고 있다. 10년 전보다 테러 공격은 다섯 배나 불어났다. 종교적인 보복인 동시에, 경제적인 보복이다.

서양에 있는 이슬람 인구는 그 사회의 최하 5퍼센트 극빈자다. 기회도 없고 희망도 없고, 차라리 알라를 위한 성전jihard이 자기 인생의 가치가 되는 것이다.

가장 과격한 그룹이 ISISThe Islamic State of Iraq and Syria다. 그들의 끔찍한 비디오를 보면, "어떻게 인간이 이러한 짓을 할 수 있는가?" 하고 우리 자신에게 되묻게 된다.

ISIS, 무슨 뜻인가? 이시스는 이집트 여신의 이름으로, 가난한 자와 병든 자 특히 어린이들을 보호하는 신화적인 존재다. 매년 홍수로 나일 강이 범람할 때, 이시스 여신이 이슬람 인들의 고통을 대신해 통곡하고 있다고 한다.

서양의 첨단무기로 이슬람 근본주의Guardians of Islam를 공격할 때, ISIS는 상상하지 못할 정도의 과격한 방법(테러)으로, 서양의 기독교 근본주의자Christian Fundamentalist에 맞서는 현대의 비극적인 연극tragic play을 펼치고 있다.

슬프다! 1400년 되는 종교 갈등은 끝을 모른다. 그리고 수백만 명의, 수천만 명의 민간인들이 이유도 없이 학살되고 있다.

큰곰 제언

"총알 공장을 폐지하라!" 해결책은 없다.
인간은 자기가 믿고 싶은 것을 끝없이 믿을 것이다. 하지만 우리는 "천천히, 꾸준히, 끝까지" 평화 운동을 펼쳐야 한다. 작가 안톤 체호프가 말했다. "사랑과 우정도 인간을 뭉치게 하지만, 증오같이 인간을 뭉치게 하는 것은 없다!" 아니기를 바란다.

"THE WEAK CAN NEVER FORGIVE.
FORGIVENESS IS THE ATTRIBUTE OF THE STRONG."
- MAHATMA GANDHI

강한 사람만 용서를 할 수 있다. 약한 사람은 못 한다.
– 마하트마 간디

이 말썽 많은 영화를 봤다. 소니가 인터넷을 통해 무료 유포하기로 결정했기 때문이다. 이 영화는 극단적인 코미디로 북한의 체제를 비꼬고, 리더 김정은을 마지막에 암살하는 내용을 담고 있다.

북한의 강한 항의 끝에 개봉하지 않기로 결정했으나, 오바마 대통령이 나섰다. "무슨 그런 위협에 영화사가 굴복하느냐?" 그의 권유 때문인지 소니는 상영을 결정했다.

너무나도 반대가 심했기에 소니 사이트가 해킹까지 당해 마비가 되었다. 영화에 대한 반응은 엇갈렸다. 뉴욕의 최고 예술 문화 신문 빌리지 보이스 Village Voice는 "하이 코미디로 가려고 했지만, 로우 코미디에 멈추었다"라고 평했다. 그리고 로튼 토메이토Rotten Tomatoe라는 영화 여론조사poll 단체는 52점을 주었다. 그럼 큰곰 할배는? 나는 50점!

재미있는 부분은 있었지만 코미디의 절정은 이루지 못했다. 미국 코미디는 우리와 달리 그 어떤 언어 제한이나 행동 제한이 없다. 막나간다. 그런데도 많이 모자랐다. 독재자에 대한 영화는 많다. 히틀러, 스탈린, 무솔리니 등. 하지만 생존하는 독재자에 대한 영화는 없었다. 특히 암살하는 내용은 지나치다. 아무리 우리와 체제와 사상이 다르다 해도 한 나라의 리더를 코미디의 대상을 만들어 마지막에 죽인다는 것은 무례하다. 만약, 오바마 대통령을 상대로 한 암살 영화를 만들었다면 미국은 어땠을까?

특히 남한, 북한, 중국, 일본 관계가 가장 껄끄러운 때에 하필 일본 영화사가 제작, 유통한다는 것은 위험한 것 같다. 모든 체제는 국민 스스로 깨달아서 변화를 가져올 때까진, 최대한 문화적·경제적 교류로 다리를 건설하는 것이 어떨까? PEACE!

연탄

미국 미주리 주 퍼거슨에서 일어난 흑인 폭동의 여파가 아직 남아 있다. 18세 흑인 청년을 백인 경찰이 총을 쏘아 죽임에 따라 전 도시, 아니 전 미국이 난리가 났다.

그리고 잇따르는 약탈! 우리의 관심사는 유독 한인 가게가 가장 많은 피해를 입었다는 점이다. 1992년 LA 폭동을 연상케 한다. 그땐, 수많은 한인 가게가 약탈당하고 불 태워져서 한인들이 수백만 달러의 피해를 입었다. 심지어 서부활극 같은 총싸움도 벌어졌다.

왜 흑인들은 유독 한국인을 미워할까? 그 이유는 첫 단추를 잘못 끼웠기 때문이다. 흑인이 한인 가게로 들어서면 "야~깜둥이다! 연탄 왔다!" 하고 구박했다. 이제 흑인들은 '연탄'이 무슨 뜻인지 안다. 200년 동안 백인들의 노예로 구박받은 흑인이, 40년 전 갓 이민 온 한국 이민자에게 차별대우를 받을 리 없다.

그렇다면 해결책은? 큰곰은 문제를 제시할 때 늘 해결책을 제안해본다. Inter-Faith Fellowship(종파를 초월한 포용적인 유대). 즉 흑인교회와 한국교회의 교류가 활발히 이루어져야 한다. 흑인들은 교회 생활에 적극 참여하고 교회의 목사들이 리더 역할을 한다. 마틴 루터 킹도 목사다. 그리고 그 유명한

JAIL
THE KILLER
COPS!
YOUNG SOCIALISTS
SOCIALIST WORKERS PARTY

가스펠 교회 합창단은 또 어떤가? 그러므로 한인교회들의 역할이 클 것 같다.

14퍼센트밖에 안 되는 흑인들과의 관계도 중요하지만, 나는 2050년엔 30퍼센트가 될 라티노latino와의 관계도 매우 중요하다고 생각한다. 라티노 대통령이 탄생할 가능성이 크기 때문이다. 그리고 수많은 한국 식당들이 라티노 불법 이민자를 채용하기 때문이다.

인종차별은 양호하지 않다. 우리도 이웃 나라에게서 36년간 당했지 않았나! PEACE!

블랙 에펠탑

무슨 이런 비극이 있을 수 있나. 수백 명의 죄 없는 민간인이 이유 없이 죽다니!

즐거운 주말이 시작되는 금요일에 록 콘서트를 즐기고, 단골 레스토랑에서 저녁식사를 하면서, 또 축구장에서 프랑스 최고의 라이벌인 독일과의 열정적인 경기를 보고 있을 때 상상도 못할 죽임을 당하다니. 교묘하게도 파리 테러가 일어난 이날은 바로 13일의 금요일friday the 13th이었다.

왜 파리냐? 두 가지 이유가 있다. 첫 번째, 파리는 뉴욕, 런던과 더불어 서양 세계의 최고 도시다. 서양문화의 꽃봉오리이다. 프랑스는 민주공화국의 시발점인 프랑스 혁명을 일으킨 나라다. 두 번째, 파리 테러는 샤를리 에브도Charlie Hebdo 신문과 연관된 비극적인 사건(2015년 1월 7일 이슬람 극단주의 테러리스트에 의해 자행된 《샤를리 에브도》 본사 총기 난사 사건. 풍자신문 《샤를리 에브도》는 이슬람교 창시자인 무함마드를 부정적으로 묘사한 만평을 지속적으로 실어 테러의 표적이 됨)의 연속선상에 있다.

수백 명의 파리지앵을 무참하게 살해한 이 만행은 테러조직 '이슬람국가(IS)'가 저질렀다. 종교적인 분쟁을 테러로 해결하는 무서운 세상이 왔다. 지금, 이게 무슨 짓거리인가. 대학 졸업자가 가장 많은 이때, 자기 몸에 폭탄을

차고 열 명의 타인을 죽이기 위해 자기 자신을 폭파하다니. 너무 끔찍하다. 자살 폭탄 테러! 우리는 다 이성을 잃은 건가?

사실상, 이성을 던져버리는 이 무서운 행위는 제2차 세계대전, 태평양 전쟁에서 유래했다. 일본은 미국과의 전쟁에서 극단적으로 몰리고 있을 때 항복하지 않고 가미카제라는 자살 비행조종사 그룹을 조직했다. 일본은 자살 비행조종사에게 돌아올 연료도 주지 않고 비행기를 조종해 미국 항공모함에 추락하라고 명령했다. 인간의 상상을 초월하는 끔찍한 전략이었다. 결국 항복하지 않은 일본 제국은 미국의 핵폭탄 두 방에 무릎을 꿇었다. 22만 명의 민간인 희생자를 떠안고.

현재진행형인 이 종교 전쟁은, 지금 어디로 가고 있는가? 인간의 악한 행위는 끝을 모른다. 이것을 '캐치-22catch-22, 악순환을 의미함'라고 한다. 악을 강한 악으로 대응하고, 강한 악을 더욱 강한 악으로 대응하고, 밑으로 떨어지는 보복의 연속이다. 돌고 도는 인간의 어두운 심리는 결국 바닥을 치고 '멸망의 밤'을 초래하는 것이다. 프란치스코 교황도 "이 사건은 제3차 세계대전의 시작"이라고 말했다.

내가 군 복무를 한 1971~1974년 사이에는 베트남 전쟁이 있었다. 250만 명의 민간인이 학살당한 끔찍한 전쟁이었다. 결국 미국이 항복하고 베트남에서 철수했다. 나는 해군이었기에 구축한 갑판 위에서 이 비극적인 인간의 햄릿 연극을 보면서 말했다. "이것이 인류의 마지막 전쟁일 거야"라고. 내가 틀렸다. 더 큰 비극이 우리를 기다리고 있다.

나에게는 59세에 낳은 열 살짜리 딸 양호가 있다. 양호와 친구들에게 우리 어른은 어떤 세상을 물려줄 것인가? 종교 분쟁으로 들끓는 세상? 자기 뜻대로 안 된다고 무자비하게 학살하는 테러? 자기 정권과 권력을 유지하기 위해 전 국민을 희생양으로 몰아내는 세상?

아니다! 전 세계 인류가 일어나야 한다. 더 이상 학살은 안 된다고, 더 이상 폭력은 안 된다고, 더 이상 종교 분쟁은 안 된다고, 더 이상 인종차별은 안 된다고 손을 들고 평화의 구호를 외쳐야 한다.

"NO MORE KILLING!"
"PEACE NOW!"

"POWER MAKES RIGHT BUT NOT JUST."

(권력은 정당함을 만들지만 정의를 만들지는 않는다.)

in the end
everything becomes silly

but everybody has a second chance
it is called, tomorrow

바람아, 불어라

초판 발행 2016년 3월 7일

지은이 한대수
사진 한대수
펴낸이 김정순
편집 허영수
디자인 김수진
마케팅 김보미 임정진 전선경

펴낸곳 (주)북하우스 퍼블리셔스
출판등록 1997년 9월 23일 제406-2003-055호
주소 04043 서울시 마포구 양화로 12길 16-9(서교동 북앤드빌딩)

전자우편 editor@bookhouse.co.kr
홈페이지 www.bookhouse.co.kr
전화번호 02-3144-3123
팩스 02-3144-3121

ISBN 978-89-5605-153-6 03810

이 도서의 국립중앙도서관 출판시도서목록(CIP)은 서지정보유통지원시스템 홈페이지(http://seoji.nl.go.kr)와 국가자료공동목록시스템(http://www.nl.go.kr/kolisnet)에서 이용하실 수 있습니다.(CIP제어번호:CIP2016004360)